少年

しょうねん

川端康成。耽美初戀

かわばたやすなり

川端康成

KAWABATA YASUNARI

今年我將邁入五十大關，決定發行全集以茲紀念。如同四十歲、五十歲般，以十為界來區隔人生，不過是一種權宜也是一種感傷，又半是人類的惰性，因此我不願視為精神的真相，但若非這類慣例推波助瀾，只怕難以踏出生前便推出自己的全集這一步。

五十歲這個年紀的本質與真實感受應是如何？恐怕任何人都無法正確掌握。但恐怕又確實存在，且每一個五十歲的人都有。人各有異，因而每個人五十歲的本質與感受均應不同，但從時間的洪流看來，每個五十歲的人又均應相同。

認為均應相同，似是一種救贖。

無論如何，我對所謂的自己的年齡，尚未嘗試過真正深入思考。是內心找不到思考的必然呢？還是沒有遇到思考的動機？抑或是自己欠缺思考的智慧？

孩提時代的我還更常思考。畏懼早逝是我少年的悲哀之一。父母的早逝是我揮之不去的陰影。五十歲的我已較父母多活了十年之久。儘管我記不清父母死於幾歲……。

我想我能活到五十歲已屬難得。我不足七個月便出生，單憑一個異常虛弱、被祖父母小心翼翼呵護長大的早產兒能夠活上五十年之久，便應視為望外之幸了。

五十歲的我也深感自己身邊死屍累累。文學上的知交好友陸續走了。他們個個都比我身強體健。由於死亡太多，反而加深了我認為人只要活著終將迎來幸福的想法。相遇難，不離別更難，但只要壽命夠長，與在世者便後會可期。

我自二十三歲首次發表作品以來歷經二十五年餘的作家生活，於五十歲推出全集，在現代這有為無常之世也應視為奇特之幸了。

小學時，祖父曾告訴我狩野元信[1]等人的事蹟並要我作畫家，我亦有此意，但當我中學二、三年級時主動跟祖父說要當小說家，記得祖父說「那也不錯」

1　狩野元信（1476-1559年）：日本室町時代後期畫家，為日本近代主流畫派「狩野派」始祖狩野正信之子。其作品融合中國畫與日本大和繪，受到當時的幕府、寺廟與皇室等勢力支持。

便同意了，因此僅就心無二念這一點而言，或可說自我與人生都沒有誤了我。至於自己是否生在最能發揮天分的時代，亦即生逢其時，便很難說了……。

這或許也是年齡之故，近來我逐漸養成一種癖性，會以一生來看一個人，以歷史來看現在。或許與經歷了那樣的戰爭也有關[2]。漸漸地，我也拿出包含過去與未來的漫長時間作為尺度來衡量現在。

我說人類身上發生的事都沒什麼大不了的，曾讓年輕女子大吃一驚，她的吃驚亦讓我吃驚，但若以較長遠的眼光來看人的一生、看歷史，更何況在經歷那樣的戰爭之後，對人類的不幸或悲劇命運等的看法也不得不改變，不得不感到一個人出生的時代也占據命運很大一部分。

我以小說家立世，以小說為例，一般都是從《源氏物語》一躍而至西鶴[3]。生於鎌倉、室町時代的人們徒呼負負。鎌倉、室町的人天分未必便遜於紫式部或西鶴，與紫式部同在宮廷書寫漢文的男子心思不見得較紫式部淺薄，與西鶴時代相近的作家才華並不一定不及西鶴[4]。

戰時，當空襲愈發嚴重，我曾於夜晚燈火管制的昏暗中、在橫須賀線狼狽萬狀的乘客之中，讀著《源氏物語湖月抄[5]》。和紙線裝書上以木版印刷、又大又柔和的假名，正適合當時的燈火和神經。閱讀時，我常想起流離的吉野朝[6]諸人及戰亂裡室町的人們深讀《源氏物語》一事。因警報而外出巡視時，秋冬清冷的月光灑滿不露一星燈火的小小山谷，在這樣的夜晚，才讀過的《源氏物語》便充

2 川端全集於一九四八年推出，因此戰爭應是指第二次世界大戰。

3 西鶴（1642-1693年）：指日本作家井原西鶴，著有《好色一代男》等，開「浮世草子」之先河，確立日本最初的寫實市民文學。

4 紫式部所著《源氏物語》為平安時代的代表性文學，井原西鶴為江戶時代前期的作家、俳人。平安與江戶時代之間還有鎌倉與室町時代，因此從紫式部一躍至西鶴，便是跳過了這兩個時代。又，在平安時代，漢文為朝廷貴族的男性文字，女性只能用平假名與片假名，《源氏物語》便是以假名書寫。

5 湖月抄：《源氏物語》的注釋書，作者為北村季吟，成書於一六七三年，集結了日本中世紀（鎌倉、室町時代）以前的相關注釋。《湖月抄》之前的注釋書均稱為《舊注》。

6 吉野朝（1336-1392年）：自建武三年後醍醐天皇（1288-1339年）南遷至吉野，至明德三年後龜山天皇（?-1424年）返回京都，這五十七年為日本的南北朝，吉野的南朝與京都的北朝相爭的時代。南朝因據地吉野，又稱吉野朝。

斥胸臆，令我對往昔於逆境中讀《源氏物語》的古人感同身受，於是油然而生一定要帶著傳承至我的傳統活下去的念頭。

承久之亂[7]的順德天皇[8]將《源氏物語》譽為「不可說未曾有」、「諸藝諸道皆縮此一篇」。編訂《河內本[9]》的源光行於承久之亂中因追隨朝廷而差點被幕府處死。較光行年長一歲、編訂《青表紙本[10]》的藤原定家想必也曾受到此亂波及。

吉野朝的後醍醐天皇、後村上天皇與其生母新待賢門院等人精研《源氏物語》，長慶天皇[11]更是著有《仙源抄[12]》，月光中，我彷佛也看到敗遁流離的南朝諸人研讀《源氏物語》的吉野一帶山河。

應仁之亂[13]時，宗祇[14]及其門派的連歌師也於旅途中攜《源氏物語》為伴。我還在腦海中描繪三條西實隆[15]所抄寫的《源氏物語》遠下東海道和山陽道的情景。我曾想將實隆的《源氏物語》之旅寫成小說，可惜未果。我之所以格外愛憐如同東山時代象徵[16]的美少年將軍足利義尚[17]，或許也是因為當時身處戰敗之中。彼時我正埋頭讀著室町後期的將軍們慘遭命運作弄的紀錄。

7 承久之亂（1221年）：後鳥羽上皇（1180-1239年）於承久三年舉兵討伐幕府實際掌權者北條義時，是為承久之亂。兵敗後，後鳥羽上皇被流放至隱岐（今島根縣隱岐諸島）。承久之亂確立日後長達六百年的武家政權，直到明治維新大政奉還，實權才重歸天皇。

8 順德天皇（1197-1242年）：為後鳥羽天皇之子。於承久之亂中協助其父舉兵，後被流放至佐渡島（今新潟縣佐渡市）。

9 河內本：由源光行（1163-1244年）與其子源親行整理編纂的《源氏物語》抄本，因源光行父子皆曾任河內守而被稱為《河內本》。

10 青表紙本：由藤原定家（1162-1241年）所整理的《源氏物語》抄本，由於最初製成的書本採用了青色書皮而被稱為《青表紙本》。

11 長慶天皇（1343-1394年）：為後醍醐天皇之孫，後村上天皇（1328-1368年）之子。

12 仙源抄：《源氏物語》的注釋書，一三八一年由長慶天皇所著。不同於此前的注釋書均以內文出現順序排序，此書以假名為序，採用辭典式的編排。

13 應仁之亂（1467-1477年）：發生於應仁元年至文明九年為期十一年的內亂。始於京都，蔓延至全日本，最後京都因戰亂荒廢，幕府將軍喪失權威，開啟了為時約百年的戰國時代。

14 宗祇（1421-1502年）：室町時代的連歌師，將日本詩歌體裁連歌從文字遊戲提升至藝術的領域。

15 三條西實隆（1455-1537年）：室町後期的公卿、歌人。曾著《源氏物語》抄本（《三條西家本》）、《實隆本源氏物語系圖》（源氏物語譜系圖）、《源氏物語細流抄》（源氏物語注釋書）等。

16 東山時代（1449-1490年）：日本文化史、美術史上的一個時代區分，廣義是指室町幕府第八代將軍足利義政（1436-1490年）即位至身故的期間。

17 足利義尚（1465-1489年）：室町幕府第九代將軍。

我生於明治三十二年，昭和二十三年時滿五十歲。從《源氏物語》一躍而至西鶴，再從西鶴一躍而至某人，那位某人可與我生活在同一個年代？我尚且不知。

由於是作者在世時的全集，因此由作者本人進行編輯，於是我要將近二十五年來的舊稿全部看過一遍。過去我並沒有機會將自己的作品全數看過。若非逼不得已，自己的作品並不是什麼值得重讀的東西。當作品登上雜誌等讀物成為印刷品時，我不會馬上看。如果沒有經過一年半載的時間予以軟化模糊，讀的時候回想起書寫時的痛苦未免太過鮮明。

但現在，我漸漸開始伺機拿出漫長時間的尺，重看大批舊稿也使我湧現預料之外的感懷。我記憶力差，少有追憶，因此記憶反常重現、陷入回憶是極為難得的經驗。

這次我不僅找出以作家身分出版的作品，也搬出在那之前寫的東西。主要是中學時代的日記類，還有很多一樣是中學時代學著寫的小說，而大正二年和三年，我十五歲到十六歲[18]的春天，中學二年級時的作文簿裡，有我在明治四十五年十四歲時抄錄小學六年級時的兩篇作文，似乎是最舊的作品。在「箕面山」和「秋蟲」的題目上方，標注著「拿到甲上」，但因為是四十年前鄉下小學的作文，平平無奇又稚嫩的書面語當然沒有任何可取之處，儘管如此，能保存至今連我自己都感到意外。

我也找到為眼盲的祖父與不識字的幫傭婆婆代筆寫信時的草稿手帖。祖父在賀年卡中寫道：

「老朽也已邁入七十五之齡，苟延殘喘。」

可見是我十六歲的時候。該年的一月八日，寫給我姨丈的信如下：

記

一筆四十六圓整　一月二月分

又另一筆一百三十圓整

但此為八月結算前透支部分

欲支領右記款項　祖父署名

姨丈名

拜啟　此前拜託之透支部分，懇請撥款。老朽手頭已是拮据不堪。明知寄存之金額將因此減少，然不得已而為之。又八月季度後仍月月窮困，只得向店家賒帳，故眼看此透支又與日俱增。畢竟每月支領二十三圓，米錢十圓、柴薪等其他諸雜用、幫傭婆每月三圓，再扣除其他人事雜費等，委實左支右絀，困窘之極。尚祈體恤並施以援手。此窮苦片刻不離老懷。老朽自是儉約度日，每日僅以湯汁拌飯，此外無以為食。康成若每日僅以梅乾配飯身體恐難支

18 書中的年紀均為虛歲。

撙，故僅晚間吃菜。順頌近佳。

一月八日　祖父署名

姨丈及帳房名

又：老朽日前拜見時，得蒙種種親切招呼，其後得以平靜安心度日。今後倘蒙照拂，銘感無已。

我的亡母遺下的錢由姨丈與舅舅保管，祖父與我則是靠每個月送來的津貼過日子。由這封信可知大正三年時每個月的金額是二十三圓。祖父說自己「僅以湯汁拌飯」、我「僅以梅乾配飯」，應是為了要錢而多少有些誇大。祖父和我商量之後加了些博取同情的話，但那並非無憑無據的謊言。

祖父於當年的五月二十四日晚間去世。

我的《十六歲日記》記述了祖父油燈將盡的日子，那是更早之前，從這次為了推出全集而又翻出來的日記類裡揀出的。關於這部《十六歲日記》的由來，我是這樣寫的：

「這些日子鮮活地留存在舅舅家倉庫一角的皮包裡，此刻重回我的記憶之中。這個皮包是身為醫生的父親出診時隨身攜帶的。舅舅因最近股市投資失利而破產，連房子都沒了。在交出倉庫之前，我去查看裡面是否有自己的東西，於是發現這個上鎖的皮包。用旁邊的舊刀子割破皮革，發現裡面塞滿了我少年時代的日記。除此之外，還夾雜了這部日記。」

這裡的舅舅與前一封信的姨丈是不同人[19]。收信的姨丈住在淀川之南，而皮包所在的舅舅家則在淀川之北。

又，並不是舅舅賣掉房子，是表兄在舅舅死後賣掉的。大概因為是小說才寫成舅舅的。皮包裡塞滿日記這點只怕也有些誇大，我想數量應該沒有那麼多。之

19 日文中的姨丈與舅舅均寫成「伯父」，故有此說明。

所以說「除此之外，還夾雜了這部日記」，應該是因為《十六歲日記》不同於其他日記，是寫在稿紙上的。

《十六歲日記》原稿，在謄寫為作品發表時便燒掉了。這次翻出那些形同廢紙的日記，之前我並沒有重讀，也沒有去查找。因多少有些留戀，想著將來也許會看，我才會將這些廢紙一保存便是三十多年。全集的出版成了燒掉這些東西的機會，也成了我重讀的機會。

好比這次找到《十六歲日記》第二十二張和第二十三張稿紙，其他原稿也是在抄錄至全集的〈後記〉中作為紀念後，立刻便撕掉丟了。而這兩張稿紙在我將《十六歲日記》寫成作品時就不知道塞到哪裡去了。

雖說是第二十二和第二十三張，但也不是一字一字填在稿紙的方格裡，而是不管格子直接書寫，不宜以張數來計算。但總之是寫在稿紙上。

寫在稿紙上的除了《十六歲日記》，還有四、五類作品。《第一谷堂集》是大正二年和三年，我十五與十六歲時的新體詩集；《第二谷堂集》同樣是這兩年的作文集。其次是大正五年九月十七日至大正六年一月二十一日的日記。當時我十八九歲，而我是在大正六年從中學畢業的[20]。還有題為「湯島的回憶」的文章，是我在二十四歲的夏天寫的。我二十八歲時重寫前半部，完成《伊豆的舞孃》。後半寫的則是中學寄宿時對同室少年的愛的回憶。

我於是得到了將這些廢紙全數燒毀的機會。

20 當時的舊制中學為五年制，因此一般畢業生多為十七八歲。

我父親曾就讀於浪華的易堂，以谷堂為號。我的《谷堂集》便是源自於此。這是少年的感傷。父親留下了很多「谷堂」的印章，我的《谷堂集》封面和封底蓋的便是不同的印章。

《第一谷堂集》由六十張稿紙裝訂而成，共有新體詩三十二首。

以〈閱讀〉為題的七五調六行詩是最早的一首，明治四十五年一月的作品。人們都認為我愛買書是亂花錢，但那是因為我滿懷希望與悲傷，這首詩寫的便是我孩子氣的抗議。當時我十四歲。

最後的則是〈弔詩〉以及〈迎白骨〉。

〈弔詩〉是二十節的長詩。淀川之北的表姊嫁給久留米師團的騎兵中尉，於丈夫出征山東時過世。這首詩便是表姊的憑弔詩。根據詩作，當時表姊二十三歲，懷著第二個孩子。這是大正三年九月二十六日晚間的作品。〈迎白骨〉這首詩則是寫迎接表姊在九州火化的遺骨回到娘家，作於九月三十日。當時我十六歲，祖父因《十六歲日記》所述的病於五月病逝後，我一個中學生無法維持獨居生活，暑假時便被接到舅舅家，從迎回表姊遺骨的家搭火車通學。

在幼時的記憶中，我曾經仰望這位表姊的「下巴」。那是個白皙圓潤的下巴，讓我覺得表姊是個美人。現在回想，這位表姊的手足個個下顎骨都又寬又方，過世的表姊或許也是如此，但在我眼中，那又柔又白的下巴鮮麗地浮在虛空中。那下巴也像古時天女像般豐腴飽滿，似有一道弧線。我與這位表姊幾乎沒見過幾面，這是如今唯一殘存的記憶。

但我的〈弔詩〉並沒有描寫這下巴。這首詩不過是羅列了一堆概念性的感傷之句。本想在此抄錄一、兩首《第一谷堂集》的詩，算是湊湊興作個紀念，無奈我的虛榮心不允許。我為何將這些廢紙保存了三十五年之久！漫無目的地保存著這等無意義的過去，我想這類例子還有很多。

《谷堂集》的詩大多都是藤村[21]風格。若說有什麼可取之處，頂多便是學出

21 藤村：指日本詩人島崎藤村（1872-1943年）。其後的晚翠則是詩人土井晚翠（1871-1952年）。

了幾分藤村的調調罷了。晚翠風格的詩很少，且比藤村風格的差。

題為〈藤村詩集〉的詩占了四張稿紙。祖父過世那晚，我在他枕畔讀了《藤村詩集》[22]。為祖父守靈時也讀了《藤村詩集》。《藤村詩集》便是這般刻劃入我的人生。寄人籬下後我早晚捧讀《藤村詩集》，寫些稚嫩的詩。我感謝《藤村詩集》，憧憬島崎藤村的青春。

其他如〈志在詩人〉這首詩寫於大正三年九月十四日書法課，〈藤村詩集〉這首寫於九月十七日的國文課，〈迎白骨〉是九月三十日幾何課——在日期上附注課堂科目，是這部《谷堂集》最令我回憶一新之處。這些詩大部分寫於課堂上。有些是在美術課、英文作文課寫的，但似乎以國文課為多。

中學時的我，上課時間大多背著老師看文學書，但看來我也會寫這些新體詩。不過這些詩毫無價值，找不到任何出自我自己詩魂的詩句。

集結了作文的《第二谷堂集》則是由三十六張稿紙裝訂而成。這是我中學二年級的作品，看來是學校作文作業的草稿，因此更加無趣。始於〈勸友人登山〉為題的暑假作業書信文，終於〈桃山御陵參拜記〉。其中夾帶兩篇小學六年級時的作文。

其中之一題為〈箕面山〉，

「箕面山位於豐能郡箕面村，自古便是賞楓勝地，且以瀑布聞名。近年有電鐵可從大阪直達，又開設了動物園，更加盛名遠播。

「自箕面公車站往上爬一小段，便有一條溪流。沿溪而行約十町餘[23]，便到達瀑布。十數丈直落而下，宛如水晶簾垂掛於絕壁之上，其壯觀筆墨難言，雖盛

22《藤村詩集》：一九〇四年出版的島崎藤村的詩集。

23 町：日本傳統度量單位，也寫作丁。一町約等於〇．一一一公里，此處的十町約為一公里多。

夏仍肌膚生涼。山中多楓樹，秋日滿山滿谷披上紅色錦繡。溪谷左右峭壁上老樹叢生，舉目所見，巨岩處處突出，蔚為奇觀。溪流中亦多岩石，溪水激盪四濺而成水花，後形成水潭。動物園內有數百種珍禽異獸，另有數處不同的餘興，加倍值得一遊。何不上山頂俯瞰？遠處山野町村皆如我庭，恢宏之氣油然而生。

「因而一年四季遊客絡繹不絕，盛夏與紅葉之際尤其人山人海。」

大致如此。明治四十五年，一個鄉下小學生寫了這樣的作文。上了中學依然沒有改變。以〈大正二年與三年〉為題的寒假作業作文，我依然沒有一字一句寫到自己。

「大正元年十二月二十一日取代西園寺內閣的桂內閣不足五十日便倒閣，山本內閣繼之而起。擁護憲政、打破閥族的運動興起，帝都則有人縱火鬧事。外務大臣因排日問題與中國騷動備受非議，阿部局長遭到暗殺。木村、德田兩名中尉成為航空史上首度的空難犧牲者。緊接著民間飛行員武石氏墜機慘死。在事發的數小時之前，我還在博覽會上欣賞武石氏展示飛行。但我國航空界的進步於濃尾平原的大演習表露無遺。明治天皇崩逝週年將近的七月十日，有栖川宮大將殿下薨逝。秋天，桂公逝世。十二月，德川十五代將軍慶喜公逝世[24]。大正二年天災地變也很多。巴爾幹、中國、墨西哥等地發生問題。」我回顧大正二年時這樣寫道。然後還寫了大正三年是新帝舉辦登基大典的一年。

但四月昭憲皇太后薨逝，登基大典延至翌年四年。

皇太后大葬當晚，我祖父死了。

大正三年爆發了第一次世界大戰。東京車站也是這一年落成的。

藝術家方面，兒玉果亭、塩井雨江、川端玉章、本居豐穎、幸堂得知、木村正辭、市川九女八、奧原晴湖、伊藤左千夫、竹本大隅太夫、中林梧竹、岡倉天心等人，均死於大正二年。

《谷堂集》的作文中，唯有〈春夜訪友〉一篇勉強能提供線索，讓我回想起當時的自己。

---

24 德川慶喜（1837-1913）於一九一三年十一月逝世。他是德川幕府末代將軍，一八六七年將政權歸還於明治天皇，是為「大政奉還」。

「連日為考試所逼，不得訪友，今宵定要暢聊，否則寧可不出大門。滿天白雲細如魚鱗，半月高掛。」還寫到我家白梅飄香。走在路上，「社殿前杉木聳立於夜空，如為神明降臨架橋。」朋友家便在神社旁。屋中燈火令人倍感懷念。「兄弟二人均在房中。兄長正參考兩、三本模範文集，在書桌前為〈都鄙學生優劣論〉苦苦斟酌推敲。我在旁展讀蘆花[25]的《青蘆集》一個鐘頭有餘，他也寫完了作文，照例與他父母共五人圍著火盆歡聚。話題紛紛如走馬燈。此一家人溫馨如恆令人欣喜。無父母手足如我者，要為比萬千人之愛更深的祖父之愛與此一家人之愛而活。談笑數刻後告辭而去。月已朦朧。」鄰村的燈火在千里山山腳閃爍。「打稈聲遠遠近近高高低低，漆黑中天地萬象欲語還休。」

日期是大正三年三月三日。

捶打禾稈的聲音真是從四面八方傳來，又或只是老套的作文修辭，如今我已無從回憶。而所謂「不出大門」，我家根本沒有大門，只圍著一圈櫟樹樹籬。朋友家倒是有氣派的大門和圍牆。

晚間到這位朋友家作客也見於名為〈故園〉的作品。一方面雖是為了脫離與祖父兩人獨處的寂寥，更是被非見不可的渴望所誘夜夜出門。我與比我大一、兩居的那位兄長，以及比我小一居的弟弟都很親密，而這與對異性的思慕有相似之處。少年的愛情大抵如此。我對這對兄弟的父母也一樣，養成了見面的癖性，見不到面心裡便不踏實。

但這並不是同性之愛。

25 蘆花：德富蘆花（1868-1927年），以小說《不如歸》、散文集《自然與人生》確立作家地位。

述。

大正五年九月十七日至大正六年一月二十二日的日記中，有同性之愛的記

大正五年十二月十四日。週四。先陰後雨。

起床鈴聲快響起前起床小解。天冷得讓人直打顫。我鑽進被窩，拉起清野溫暖的手臂，抱住他的胸口，攬住他的後頸。清野也半夢半醒似地用力環抱我的脖子擱在自己臉上。我的臉頰與他的臉頰交疊，我乾渴的唇落在他的額頭上、眼皮上。我的身體非常冰冷，似乎令他感到不捨。清野不時無邪地睜眼，然後抱緊我的頭。我會緊盯著他閉上的眼皮看。看來不像有什麼心思。這幅光景會持續半個鐘頭。我只求如此。我想清野也別無所求。

起床後總覺得光線刺眼。

昨晚努力預習英語，今早又確認了一次，所以能很有自信地教平田君。認真聽課。

英文文法課，老師說作文已經改好了，要同學來拿。又說這一班裡，看來是經常練習的關口和細川英文最好。不管老師問什麼問題都不舉手、只管繼續往下寫的我，聽著只想冷笑。然後感到很討厭。

到了下午，甚至下起陰溼的雨，冷得很刁鑽。

寄《新潮》增刊《文壇新機運號》給京都的鈴村先生。

將《今戶心中》和《俳諧師》還給百瀨租書部。為此付了十錢，又買了一張郵票，於是我現在身無分文。

歸還的小說主要是在課堂間十分鐘的下課時間看的。

晚上，雨停了。陰。

大正六年一月二十二日。週日。陰。武術大會。

這本日記也難逃我三分鐘熱度的脾性。直接原因是去年秋末受到《受難者》的感召，認為窮歸窮，還是該將年輕的日子如實寫下來，便以無比決心開始寫這本日記，但這陣子的怠惰到底是怎麼回事？元旦到七日的日記都還沒動筆。就連七日到今天，也只能說活像迫於義務似地寫得不情不願。即使是因為那段期間沒有什麼特別想寫的，即使為了準備高等學校入學考沒有時間，這樣的藉口在我內心中還是備受譴責。我想洗心革面繼續寫下去。

今天有武術大會。

我的室員裡，小泉和杉山都贏了。

宿舍殺了豬。比賽結束時到食堂後的倉庫去看，從肉上剝下來的醜陋毛皮已經攤在地上。血在大水缸裡和水混在一起，泛出噁心的顏色，浮著燐光。還有內臟。豬腳懸掛著。工友忙不迭地切著要賣給學校老師的肉。即使只是死了一頭豬，我也不願隨便思考。我真的什麼都不懂。什麼都不懂。我要回歸謙卑之心，然後靜靜求知。

小泉因頭痛「在褥」睡著了，趁著杉山也不在房裡，清野向我抱怨大口的事。我盡可能平心靜氣地問了各種問題，得知大口向清野提出大膽的索求，或者試圖索求。

那晚大口也跟著室員們一起吃了「點心」，我們寢室的人在熄燈後沒就寢，都在辦公室和閱覽室用功，也事先告知大口。不久，清野獨自先回去睡了。結果大口邊說著「宮本嗎」邊進入寢室，明知道那人不是我而是二年級的清野，還是鑽進我緊鄰清野的床位——為了把玩清野的手臂，總是緊鄰而鋪的鋪蓋——跟清野說話。我不想問後來如何，但從清野的隻字片語，輕易便能想像。結果清野沒有理會他，他便回去了。

從清野大為不忿地告狀，又把大口罵得不是人看來，大口確實是看準了清野的床，想從事下流的行為——給我這樣說的權利吧。聽著清野抱怨，我內心不禁大為動搖。而清野的告狀中自然而然出現的、對我的信賴與愛慕，也讓我不禁想要抱緊他、感謝他。

靜坐時我也發揮想像，不斷進行種種思考。首先是我對大口的厭惡與對清野的愛，兩者分別往兩個極端的方向疾馳。對大口的氣憤，已經到了考慮與他絕交的地步。但自己真的清白到有資格生大口的氣嗎？倘若我的妄想一一成形，我能夠維持多久不臉紅呢？我曾有哪一次看著美少年美少女而沒有肉慾呢？凡是有機會看到高木、富永、西川……時，我的眼睛向我的心傳達了什麼？而我對清野又怎麼敢說沒有暗藏私心？又怎麼敢說不曾逼近臨界？但這些反省對平息我的憤怒沒有任何幫助。我只是比大口更愛清野，尤其與大口不同的是，清野也深深愛慕著我。誰叫清野對我毫無保留、全心依賴著我呢？我以這番辯解作為唯一的後盾。

此時，我發現小泉單獨睡在寢室裡，大口也同樣在鄰室就寢，突然感到不安，再也靜坐不了。等靜坐一結束便跑回寢室，開燈查看小泉的睡臉。

為了與清野牽手，今晚一熄燈便同時上床。

我懷著勝過大口的優越感，牢牢抱著清野的手臂入夢。

這部日記就停在一月二十二日這一篇。停在我起心動念「要再次重整心情繼續寫」的那一天。

那是大正六年，我十九歲，中學五年級的時候。

前一年，十八歲的中條百合子[26]在坪內逍遙的推薦下，在《中央公論》發表處女作《貧窮的人群》。該年十九歲的島田清次郎在生田長江的推薦下，於新潮社出版長篇小說《地上》[27]。這兩位同齡作家的出現，對我這個鄉下中學生而言是一大震驚。但三十餘年後，五十歲的我讀起自己十八九歲的日記，那露骨的寫法也令我有些吃驚。

而且，與這位清野少年的事在「湯島的回憶」中也長達六七十張稿紙之多。

26 中條百合子（1899-1951年）：即宮本百合子（舊姓中條），日本小說家及評論家，作品多描寫女性、孩童、農工階級，代表作包含《播州平原》、《道標》等。

27 關於島田清次郎的記述與實際略有出入。大正六年十九歲的島田清次郎是在曉烏敏的推薦下，於《京都中外日報》連載《超越死亡》，而《地上》則是於大正八年出版。

寫「湯島的回憶」時我二十四歲，是個大學生。而我在高等學校時，也曾以寫給清野少年的信作為作文提交。我記得在老師打完分數之後，我還實際將信寄給清野。但不想讓他看的部分則留在我的手邊。這部分被保存至今，是原稿第二十張到第二十六張。看來應是一封長達三十張左右的信。這也是一份寓於書信體的回憶錄。

可見與清野少年之間的愛，我在發生當下的中學時期寫、在高校時寫、在大學時也寫了。

而如今五十歲要推出全集之際，重讀這三者令我深有感觸。即使三者均是片段且不成熟，一味燒毀似乎也很可惜。

以作文提交的信，我想是在高等學校一年級時寫的。是我十九歲九月到二十歲七月的那段期間。當時的高等學校是九月入學。

信的第二十張只有後半部分，前半被裁掉，應該是寄給清野了。

保存下來的六張半抄錄於此。

> 你的手指、手、手臂、胸、臉頰、眼皮、舌頭、牙齒、腿，在在令我眷戀。
>
> 當時我愛戀著你。你也可說是愛戀著我。
>
> 說了這些，我想你如今也已明白，我們在宿舍裡身為學長與學弟、寢室長與室員，第三者立刻就會推測我們的關係。

新學年的春天，從我們同寢室那時起，垣內和杉山就避免睡在我旁邊。我很快便得知杉山的原因是他的病。垣內的原因我至今仍不明白。也許是因為垣內早熟，又很了解學長學弟之間的事。而垣內明明與你同為二年級（雖然留級過一年）卻似乎很想要你，所以或許是這個緣故。當然，後來垣內也絕口不提杉山的病，很想跟你換位置就是了。

而你，總是願意坦率地睡在我身旁。

垣內退學，小泉頂替他成為我的室員之後，他和杉山都是一躺平就睡著，留下我們喁喁深談。尤其是懂得察言觀色的杉山，夜晚經常為了在熄燈後用功，一直到很晚才會回寢室。

你的手臂和嘴脣隨時對我開放。這樣的你純真無邪，肯定只當作被父母親抱在懷裡。說不定此時你根本連這些都不記得了，但我的心卻不像你那麼純潔。

(若我現在和你在一起，這些話我半個字都不會提。但在我離開之後，你說由北見當室長，與菊川、淺田同室。菊川、淺田從我在的時候，便是宿舍裡備受學長注目的美少年。再加上北見並不是能幹的五年級，而是不可靠的四年級。他有能力保護室員嗎？我實在很擔心。又怕你也會遇到學長的醜陋——雖然我沒有勇氣寫醜陋——的要求，或是看見菊川、淺田遇到，我才寫的。島村的來信中，提到新生中也有美少年，而且情況相當混亂。記得你信裡也曾有類似的話。)

當然，我從不曾對你提過手臂、嘴脣、愛這些字眼，只是接受你對我全然的開放。儘管會幻想更進一步的結合，卻做夢也不曾想過要付諸實現。這一點你非常清楚。

但是，不願深入學長狩獵學弟的世界，或者不得其門而入的我，渴望以我們世界裡的最大限度享受你的肉體，並在下意識中發現種種新的方法。啊啊，你是多麼自然、多麼天真地接納了我的這些新方法啊！我的最大限度並未引起你絲毫厭惡與疑惑，這樣的你，令我覺得你就是我的救贖之神。啊啊，曾經那麼愛我的你，即使我要求更進一步的結合，事後你應該還是會相信我的。你是我人生的新驚喜。

但，舌頭和腿和肉體深處到底有多少差距？我自責會不會只是我的膽小勉強攔住了我。

也許是因為家裡沒有女人，讓我在性方面有些病態的地方，我從小便以淫蕩的幻想為戲。或許對美麗的少年也感到較一般人更奇怪的欲望。當考生時，少年的誘惑比少女還來得大，我現在也考慮將那些情慾寫成作品。不知有多少次，我為你不是女人而惆悵苦悶。

寫出來雖然痛苦，但我竟留下曾經那般放不下的你的身體就此告別，我可曾純真地為道德上的潔淨感到欣喜？難道不是有好一段時間，若有所失的失落感更為強烈嗎？

與垣內分開時，赤裸裸的不滿足不就凌駕了一切嗎？

新學年確定我的室員時，雖也覺得你惹人憐愛，但有著女性的冶豔、使我經常在浴室暗自嚮往的垣內來到我的寢室，那份喜悅雖淡卻不容置疑。

垣內與你不同，對學長很了解。他也表現出隨時都願意接納的樣子挑逗我，反而使我不知所措。

你還記得那個七月晚上的垣內嗎？垣內受到四、五年級生圍毆的鐵拳制裁。他像死了般昏倒，我抱起他渾身冷汗、軟綿無力的身體，背著他去冷水浴場。幫他沖水時，他也癱軟地靠在我腿上。因為流汗沒有幫他穿上睡衣，我直接背起光著身子的他，但不知是累壞了還是蓄意挑逗，垣內纏上來，而我卻什麼都不敢做，原因無非就是膽小。也許垣內也暗地裡嘲笑我的怯懦。

垣內在暑假前遭遇那般慘事，我對他的同情以及官能上的愛戀因放假分開而更深更濃，寫了好幾封長信給他。我又跟他說希望他九月能再回來當我的室員，但垣內從此就沒有來學校了。我又寫了信。校長把我叫去，說無論是基於家庭的因素還是垣內本人的性向，這時候退學反而對他比較好，叫我不要用親切的信擾亂他，我羞慚得冒冷汗。勸他復學只是我感傷的親切而已嗎？

相較於我對垣內的感情，我對你的感情清淨多了。即使要付出許多痛苦，你也會對我言聽計從吧？即使我說了這麼多，此刻若是我希望，無論什麼事你都會滿足我吧？但是最大限度的事我都做盡了，卻還是停留在限度中，現在才訴說這些，對你而言也許是騷擾，想必有一天我自己也會明白，那是我超越膽小的愛。

儘管你對學長的要求一無所知，卻在我要回家那晚，泫然欲泣地說鄰室的大口會跑來很可怕，央求我不要回家；卻讓我把鋪蓋鋪在你旁邊，邊吻著我邊告大口的狀，彷彿我們的行為與此事全然無關般對我深信不疑；二月，我為了準備入學考，一連多日在圖書室待到深夜時的某一晚，來玩的上島因我突然回寢室而驚慌失措，想鑽進你的被窩裡躲起來——當然他來的時候可能沒有非分之想——我對上島氣得發抖，要他明白說出學長的欲望，你雖單純地驚愕不已，卻似乎將我視為唯一的例外，還是大大方方繼續坦然地擁抱我；是你這純粹的愛以眼淚洗滌了我。

若說原因是我的膽小，我也無話可說。但換個角度來看，我竟然奇蹟地、無須任何勉強壓抑和忍耐便保住了你的完璧之身，我也好，你自己也好，對你那嬰兒般的靈魂獻上多少感謝恐怕都不夠。

你是一個多麼美麗的人啊！彷彿極其真誠地直接由父母交到我

手上。

這第五章寫得相當紊亂、相當膽小。或許是為了替自己辯護，但也有不願刺激你神經的用心。

第二十六張於此結束。

這封信也令五十歲的我有些吃驚。

諸如「寫得相當膽小」、「也有不願刺激你神經的用心」，若第五章是這樣，那麼一到四章是怎麼寫的？

但是，看來我好歹還是克制住沒將這六張半的信寄給這封信的對象清野。

又，對於將這信當作學校的作文提交，我自己也不得不感到驚訝。雖然忘記老師打了幾分，卻也不記得曾因這內容而受到訓誡。我想我一定害老師苦笑。就算一高[28]再怎麼自由，這篇作文也太荒唐了。

「湯島的回憶」寫了一百零七張四百字的稿紙，未完。

從第六張到第四十三張，是與流浪藝人一同越過天城前往下田的回憶，後來我將這部分改寫成名為《伊豆的舞孃》的小說。與舞孃同行是在大正七年，我二十歲時，寫「湯島的回憶」是二十四歲、大正十一年，《伊豆的舞孃》則是二十八歲時所作。

而「湯島的回憶」除了舞孃的部分之外，大多是記述清野少年的回憶。雖然不像《伊豆的舞孃》那麼有條理，但這部分的張數既多，也更有感情。同起同眠一年的貪戀執著自然較旅途中的一時感傷來得深刻。

「湯島的回憶」第一張稿紙下半部破損無法辨讀，但試以上半部拼湊，開頭

28 舊制第一高等學校的簡稱。川端於一九一七年到一九二〇年就讀於該校的一部乙類（英文）。

大致如下：

「我知道湯島的春天是什麼樣子，也知道秋天冬天是什麼樣子，唯獨不知道夏天的樣貌。而今年盛夏我準備在湯島度過。

「七月的最後一天……。

「在三島車站轉乘前往大仁時，駿豆線的售票處有個令人深有好感的女孩，『這肯定會是一趟美好的旅行。』我神清氣爽地低聲說。」

——從這段開頭，可以看出我是在七月底或八月初寫下「湯島的回憶」。同時也可得知來到湯島的我清新的喜悅。

在我二十九歲的昭和二年，出版作品集《伊豆的舞孃》時，也寫了以下的文章。

看見完成的書，請吉田君來一趟果然是對的。《伊豆的舞孃》穿的是湯島溫泉的和服。這個是那個、那個是這個，我將裝幀的畫中種種物品與記憶中的實物一一比對，興奮了好一會兒。我的湯本館生活還有比這更好的紀念品麼！

我在湯本館住了很久。小說《伊豆的舞孃》中的我二十歲，是一高的學生，那是九年前。好比《伊豆的舞孃》書盒右側畫的鎳質牙膏盒，據說便是旅館一個名叫登志的小女孩的東西。那孩子現在已經讀尋常小學四年級了，但我還記得頭一次來的時候她才兩歲或三歲，搖搖擺擺地爬著樓梯，遲遲上不了二樓。

這十年，我沒有一年不來湯島。尤其是這兩、三年，簡直可說是伊豆人了。前年初夏到去年四月我一直待在湯島，現在春天又來了，我還是一樣，從去年秋天便一直住在湯本館。《伊豆的舞孃》出版申請書上的作者住址，寫的也是靜岡縣田方郡上狩野村字湯島。就連我的第一、第二部作品集裡，極短篇小說集《感情裝飾》中有三十篇、《伊豆的舞孃》中有四篇都是在湯本館寫的。在修善寺車站下車就有熟面孔了。湯島和吉奈的熟人更是多到數不清。去年春天我要退房時，旅館的婆婆更是哭得像要送獨生子遠遊。但秋天時我又回來了。

而我在這家旅館裡曾與多少人貼心交往啊。……

我總是或多或少帶著生活的痛苦，十數次、甚至數十次地來到這天城的山麓。

五十歲的今天，已不再有地方能讓我在如此的愛與歡喜中提筆寫作了。往後還能有一個像這樣的新地方可去嗎？

「湯島的回憶」第二張到第三張稿紙，我是這樣寫的：

「我對伊豆也有許多回憶。有回憶，也有感傷。這湯島可說是此刻的我第二個故鄉。我屢屢從東京來到這天城山的北麓。其中一個秋天，腳病讓我擔心自己會不會變成跛子；又有一個冬天，我勉強支撐著遭到無法理解的背叛、差點崩潰的心。吸引我前來的無疑是鄉愁。」

然後是對湯島的讚美，「我尚未去過伊豆半島西岸的伊東[29]、土肥等溫泉，但在熱海線、駿豆線、下田街道沿線的眾多溫泉中」我最愛湯島，第五張至此結束，第六張自第一行便是：

「在各溫泉間輾轉來去的流浪藝人似乎一年比一年少。我對湯島的回憶，始於這些流浪藝人。首次的伊豆之旅中，美麗的舞孃如彗星，而修善寺到下田的風物如彗星之尾，照亮並劃過我的記憶。那是我剛上一高二年級的仲秋，我到東京之後頭一次像旅行的旅行。我在修善寺過了一夜，走在下田街道前往湯島途中，在剛過湯川橋的地方，遇上三名年輕的流浪女藝人。她們要去修善寺。提著太鼓的舞孃遠遠地就很醒目。我一次又一次地回頭望，只覺染上了一身旅情。」

《伊豆的舞孃》這麼寫道。

「其中一個秋天，腳病……」說的是一高三年級的秋天。「湯島的回憶」中對當時的事描寫如下：

中學宿舍的前室員給我捎了信。寫的是——「當長長的走廊盡頭傳來麻底草鞋的聲音，總會想，是你嗎？但馬上就明白不是。你右腳和左腳的腳步聲不

29 伊東溫泉應位於伊豆半島東海岸。

同。我還常學你下階梯時一次兩腳同踏一階的習慣」。

我並不知道自己雙腳的腳步聲不同，也看不出有跛腳。但是，顯然病灶就在其中，我因為右腿痛，在與舞孃旅行的次年秋末來到湯島。

折磨了我四、五天的發熱集中在腰部，然後下移到右腿。等我站得起來時，即使只是一小段路，比起正常行走，跛著走更能讓疼痛的腿少疼些。有時右腳的木屐會彈開，實在困擾。醫生也建議我去溫泉療養。

距大仁車站約四里[30]的路，我乘了馬車。然而卻在前往吉奈溫泉的岔路口被請下馬車，說是無法再往前了。原因是晚秋天黑得早，當時已然日落。而乘客只有我一人。

我欲哭無淚，但也只能拖著右腿走上約一里的路。雖然賭氣走下去，但因是硬拖著病腿，腳很痛，不舒服的右腿木屐又時不時掉落。

在嵯峨澤橋上，除了橋上的油漆和岩石激起的水花是白的，四周的山都在天黑後變成黑沉沉的。再怎麼趕路也快不了。

我想起一條岔出街道沿狩野川畔而行的近路。應該過了橋再找那條路的，我卻沒過橋而沿著河岸走，走到山腹就沒路了。即使爬也似地沿著山麓走，還是沒看到能過河到旅館的橋。最後我只好拎著木屐赤腳過河。

因為水很清澈，我誤以為水淺，結果水流淹沒膝蓋，打溼了腰。由於已是穿棉襖的季節，河谷冰冷的水激起神經痛，沖刷我冷得攣縮的腳，想打倒我。

穿著袴[31]的下半身有如落湯雞，我站在燈火微弱、悄然無聲的旅館玄關苦笑。前年秋天，舞孃便是在那裡表演。

拋下溼透的和服，將身子沉入溫暖的熱水裡，總算復活的右腿一陣緊縮，痛得爽快。

儘管半是賭氣，但既然都能走過沒有路的山腳又渡過溪流，看來神經痛並不嚴重，過了一週左右，便能來回於比吉奈更遠、約兩里外的船原溫泉了。

船原的旅館不但浴場大，庭院也寬廣，客房也有好幾棟。但或許是溫泉水

30 里：日本的傳統長度單位，一里約等於四公里。此處的四里相當於十六公里左右。

31 袴：和服褲裙。

質的關係，泉水淺黃渾濁，東一塊西一塊地浮著水垢。一個全身皮膚病的男子泡在水裡。回到房間，隔著一道走廊的鄰室女子亂甩著頭髮，頭頂剃光的圓形部分頂著溼手巾，眼睛睜得斗大。怎麼看都像心神失常的歇斯底里患者。站在走廊上說話的男子據說是我在一高的老師的哥哥，在滿洲得了肺病回來療養。我用過午飯，便早早逃回來。湯島幾乎沒有客人，溫泉和山川都很澄淨。我很高興自己可以走上四里了。

待了十天左右，我暫時回東京一趟，之後短暫前往湯川原。毛病並未因此痊癒，但我沒有錢長期逗留做溫泉療養。

平常看我走路，應該不至於發現我有一條腿不好。但這毛病似乎難以根治。氣候好的季節、天氣好的日子便感覺不到。但若遇上酷寒酷暑，尤其是我身體受不了的酷寒過後，腿也會有點痛。氣溫急劇升降之前、進入梅雨季或漫長的秋雨之前，憑腿就能預知。

不只湯島，無論哪個地方的溫泉，當我將雙腿泡進去時，左右腿對溫泉的感受有所不同。然而在東京的澡堂便感覺不出來。我認為這肯定是因為溫泉有療效。

這陣子雖然還好，但剛發病的頭一、兩年，雙腳的溫度經常不同，右腳比較冷。如今也是，冬天在冰冷的被窩裡，即使左腳暖了，右腳卻不暖。仔細觀察，似乎是在下意識之中，腦袋記住了左腳與右腳有不同之處而做出差別待遇。

而每當我的精神遭到打擊時，便會在心累之前先感到體衰，腳開始痛就是徵兆。

因這般心靈的崩潰與身體的衰弱，再加上寒冷造成的腿痛，去年歲末我又逃到湯島來。原因是那四綠丙午[32]的女孩。

那位四綠丙午，在我首次因腿的毛病來湯島後返回東京的冬天時她是十四歲，我記得她當時應該問過我：腳都好了嗎？

這個夏天，左腳和右腳泡在溫泉裡的感覺幾乎沒有差異了。我想，腳應該

---

32 四綠丙午：借指川端的前婚約對象伊藤初代。四綠為風水中九星之一；丙午對應年分為一九〇六年，是伊藤初代出生的年分。兩人訂婚一個月後，由女方取消婚約。後段提到初代「十四歲」時則是一九一九年（虛歲），川端於該年在初代擔任女侍的咖啡店首次遇見她。

已經治好了。

「某個冬天，遭到令人無法理解的背叛……。」指的便是四綠丙午的女孩。那是我寫「湯島的回憶」的前一年，我二十三歲的秋天。我曾與一個十六歲的女孩訂下婚約。——若非解除了婚約，那麼那將是二十三歲與十六歲的、於今罕見的早婚經驗。

因為不知是神經痛還是風溼病的毛病，我常去湯島和湯川原，但後來才知道湯島和湯川原的溫泉性質都偏冷，與溫泉療養背道而馳。但有效還是有效。

毛病沒有根治。在寫這部《少年》的今晚也是，因盛夏之雨欲來，我的右腳感覺不太一樣。我的右半邊似乎都不太好。頭和臉的右半邊有時會發麻，手也是右手會麻。右眼視力不好，形同單靠左眼生活，原因是幼時的眼底結核。我到了四十歲時，才從醫生那裡得知眼底有病痕。

「寫至此，女侍拿新浴衣到房裡。我身上這件已穿了五天。」

在「湯島的回憶」第四十三張，《伊豆的舞孃》結束之處，我這麼寫道。看來我是在三天或四天內寫了四十三張稿紙。

其後是湯島的景色，以及去京都拜訪清野少年的記述。

寫至此，女侍拿新浴衣到房裡。我身上這件已穿了五天。拾起我脫掉的浴衣，她問「青蛙的蛙字是不是虫字邊？」我想不出這名女侍為何會用到蛙這個字。姑且不論這點，湯島的田地和河裡似乎也少有青蛙。這是因為一名商科大學生提起我才知道的。

湯島看不到大大的明月。看不到像朝陽的朝陽、像夕日的夕日。天晴的日子，只需到街道上仰望富士山。往北可見。晨光和暮色都會映在富士山上。

這裡的早晨，首先是西方群山戴上日光那明亮的頭巾。頭巾邊緣順著山脈張開，太陽升起。傍晚換東方群山戴上頭巾。湯島的山摘下頭巾之後，天城的山還戴著。每當向南仰望殘餘著最後黃色日光的天城，我一定會想起舞孃。這個夏天天城連日放晴，但過去秋冬我數度來訪時，即使湯島無雨，天城也屢屢被雨染白。（我在寫了這些之後，才知道有「天城私雨[33]」這個詞。）

我和商科大學生在溪谷中小島上的涼亭乘涼時，他仰望天空，說谷裡果然看不見遼闊的星空，

「月亮也會動呢。」

一旁東京的孩子們正揮舞著仙女棒，比賽誰能畫出更大的火圈。

「月亮當然會動，特地說會動是很奇怪……」學生為了解釋他的意思，抬手指向月亮。他說月亮行經的路徑在三四天內就會大幅的偏移。每晚坐在同一個地方，看月亮經過的樹梢或下沉的山頭，便能看出。

然後商科大學生又說，這裡也沒有蛇、青蛙、蜥蜴之類的。因為他討厭那些東西才注意到的。

而我抵達的那晚，從走廊往下看時，不是問我蛙字的另一名女侍說：

「宮本先生，這不是有螢火蟲嗎？說湯島沒有螢火蟲的，是不是就是宮本先生？」

一抬頭，我房前一株枝繁葉茂的大樹上，有一隻螢火蟲在發光。這裡幾乎沒有蚊子。應該是水極清之故吧。

女侍說到螢火蟲時我之所以看著下方，是因為我正專注地看大本教第二代教主和女兒從溫泉裡出來。

我去京都拜訪清野時，他正在大本教[34]的修行所中，所以我寫的順序才會像是在湯島看到大本教教主而想起清野。

「湯島的回憶」第四十七張到第七十九張是清野少年訪問記。接下來的內容是：

33 私雨：日文中的私雨指只下在特定地區的驟雨。尤其是山下放晴時，只下在山區的雨。

34 大本教為日本的新興宗教，由第一任教主出口直與聖師出口王仁三郎於十九世紀末所創。

「中學宿舍的前室員給我捎了信。寫的是——『當長長的走廊盡頭傳來麻底草鞋的聲音，總會想，是你嗎？……』」

寫了因腳疾來湯島，而後又回到看到教主泡溫泉的記述。

去年十二月離去後相隔七個月又泡了這溫泉，彷彿洗去在東京的日日蹇促，當我聽著溪流聲寫信時，忽聽到外面有二三十人齊聲拍了三下手。還有人快速吟誦的聲音。原以為是村裡互助會或什麼宴會，但繞到外面走廊一看，才知道是大本教的信徒齊聚晚禱（大本教稱之為什麼我忘了）。我曾在京都嵯峨深山的修行所（這也不是大本教的說法）住過兩晚，看過信徒的生活。

站在外面走廊上，女侍便在那裡為我鋪了坐墊。兩名客人與三、四名女侍早已在走廊上觀看。

旅館的玄關正前方，新蓋了三間鐵皮屋頂的平房。十二月時那裡還是一片空地，兩、三年前本有老舊的平房，客人多的時候會用到那裡。

有人買下了那些老舊的建築，移到旅館附近作為住家。

女侍說，新建的房子是旅館老闆為大本教神明所建。老房子只賣了幾百圓，新房子卻花了好幾千圓。

還說，坐在最前面的是第二代教主，她旁邊是第三代。我又問了一次，其中一名客人說「那是出口[35]的老婆，那是他女兒」。我問是綾部[36]的嗎，客人回答說應該是吧。我驚訝地「哦」了一聲，望著她們。

聽了祈禱詞，其中一名客人對我說「是《古事記》[37]吧」。那句禱詞我也曾在嵯峨深山裡讀過。

「第三代真不懂事。你看她不是頻頻拿手巾擦汗嗎？一點也沒有活神的樣子⋯⋯。」

那位客人又說道。走廊上看熱鬧的人都輕聲笑了。第三代教主是個二十歲

---

35 指出口王仁三郎，大本教聖師。

36 指大本教的發祥地，京都府綾部市。

37 《古事記》：日本最古老的史書，於西元七一二年由太安萬侶所著。

左右的姑娘。

聽說教主大駕光臨，有二三十名信徒從鄰近鄉里前來。

在我腦海裡的是嵯峨深山裡的修行所。還有前室員清野虔誠的模樣。——從警方介入綾部那陣子開始，報紙便都是大本教的報導[38]，我會用心看那些報導也是為了清野。

或許是因為如此，我一直將位於綾部的本部和那裡的中心人物想像得很了不起。結果卻在意想不到的地方親眼看到本人，這個和鄉下雜貨店老闆娘沒有兩樣的女人，竟然就是大本教第二代教主。而那個土裡土氣、看起來實在不太聰明、又矮又胖的村姑，竟是第三代教主。我心想「不會吧」，忍不住再三確認那真的是教主嗎、是綾部來的嗎、為什麼會來這裡。

第二代教主的臉龐肥腫，頭髮隨便紮成一束，完全是個山村裡四十多歲的胖女人。第三代也一樣，將髮質不好的頭髮像路邊小學女童般亂糟糟地綁起來，無論眼神、膚質還是臉上的五官，都不見一絲蓬勃的朝氣、青春的活力，一張大臉憂鬱而心事重重，身體看起來也疲憊困頓。一點也不美。

這大概是因為開宗的祖師婆就是個山中老妖吧。雖然她們是第二代、第三代教主，但也不過是開宗祖師的女兒、孫女罷了。這就是活神嗎？憑著寫寫符和裝神弄鬼就讓人感恩戴德的女人？

就我從二樓走廊往下看到的景象來說，她們一點氣質都沒有，外表鬆垮邋遢。若是身為被人信仰崇敬的對象，或是本身信仰虔誠的人，身上總會有某處顯現出精神的光輝、崇高、美、靜謐等等，不然就是沉穩平和或寬仁博愛。我倒不是感到幻滅，而是懷疑她真的是教主嗎？

以如此凡俗之女為教主，也許具有新宗教脫離自古以來神聖或宗教意味的意義。或許借匹婦之姿現身一事自有神心。但這也實在太不像有神明棲身的樣子了。甚至連一技有成之人的氣韻風采都沒有。

若是敬這等人為教主、託付以生命，清野就太可憐了。如果這就是活神，

38 大本教主張人人平等及世界和平，迅速壯大，引起當局提防，於一九二一年（大正十年）受到鎮壓，是為第一次大本事件。

那麼他更在真神之上。我好想寫信到嵯峨深山，好想對他說不如皈依我還好得多。

我回到房間繼續寫剛才的信，外面響起拍手聲，祈禱聲停了。暑氣讓第三代不顧體面也要擦汗，等祈禱結束後她們一定會去泡溫泉洗去汗水。半在惡作劇的心驅使下，我掛著手巾笑著走出房間。

那時，我仍舊懷疑稱她是教主的女侍弄錯了。我心想，若她真的是教主，這件事以後還能拿來向子孫說嘴，否則跟一個胖女人泡溫泉未免太無聊。

旅館有三處溫泉浴場，一處在室內，一處在室外，一處在河灘上。室內的浴池以木板隔成三格。熱水溢出，溫度一格比一格低。從這裡的脫衣場去到後方，略靠左有一間簡單的木板屋頂湯屋，那便是室外的溫泉。而走出室內溫泉的脫衣場，便有長約四、五間[39]的木板橋通往河中的島。那是在河裡填出來的一座細長的島，樹林中有涼亭。夏天客人會在此乘涼、賞溪，玩水玩累了便在此休息，豔陽高照時在這裡睡午覺，長夜漫談、玩玩仙女棒、演奏小樂器。有八、九個客人帶著東京的藝妓，將酒菜搬到涼亭，一副包場半天的樣子躺在那裡，令其他客人感到不平。從河中島往下到山谷的河灘，有一塊寬一間半，長三間的岩石。岩石上鑿有浴池。熱水從竹筒的切口流入岩石浴池。溫泉來自對岸的山腳，兩根竹筒跨過山澗上方，將溫泉引到旅館，而其中一部分又由第三根竹筒從河中島送回山澗上方，落入岩石浴池裡。

緊鄰旅館的南方有個公共溫泉。不用的熱水自對岸岩石間湧出往山澗流，自然匯聚在岩石與岩石之間。緊鄰旅館的北邊則有別莊的溫泉。

我往下走到室內溫泉，裡面有七、八個男人和一個皺巴巴的婆婆。那些鬧哄哄的男子肯定是信徒，但婆婆並不是教主。我的惡作劇之心頓時餒了，失去興致。我的惡作劇既不值得嘉獎，還魯莽輕率地褻瀆神明，而且光是看到那些男人擠在浴槽邊就不想去泡了。

往遠方一看，只見燈光和人影在橋上與河中島上忙碌地移動。或許是教主

39 間：日本傳統長度單位，一間約等於一．八公尺。此處的四、五間約是八、九公尺。

等人在那裡乘涼，似乎是在岩石溫泉那裡。這等於是叫我從二樓觀賞，於是我便回到房間。我坐在二樓走廊的椅子上，憑藉星光與提燈的燈光，搜尋教主一行人的身影。

我能看到戶外浴池的木板屋頂就在正下方。還看得到橋。涼亭隔著樹叢隱約可見，那邊在夜裡一般都開著電燈。岩石溫泉則在隱沒河中島的陰影裡，只看得見掛在上面照明用的提燈。我下方的溫泉入口和涼亭旁也點著提燈。還有些提燈正從橋上通過。大群男女走來走去，但從二樓看下去，下方昏暗而辨不清長相。光著身子的人也很多。

女子的裸體陸陸續續走出木板屋頂下的浴池，在我眼皮底下的昏暗中以手巾擦拭，鬆鬆地套上浴衣，沒有繫上腰帶，只輕輕拎著前襟往橋的方向去。一個肩、腹、腰格外肥碩的女子一出浴池，便有一名身穿羅紗羽織[40]的男子伸出提燈，等候女子穿上浴衣，再領她前往河中島。

我問身旁一起看熱鬧的女侍「是那個人嗎？是那個人嗎？」但看不出哪個女人才是第二代。過了一會兒，

「第三代、第三代。」

女侍急忙說道。往正下方一看，一具剛出浴、不甚美觀的白色身體，正將一隻腳跨在旁邊的石頭上用手巾擦拭。待她披上浴衣，同樣由提燈領路而行。那位提燈的男子身上一絲不掛。

由於我的位置有一般的三樓那麼高，分辨不出走在下方昏暗中女子的年紀，但女侍說是第三代的那名女子，在我看來倒是像第二代。因為她不僅髮型像低階的相撲力士，體型也像，不似年輕女子。女侍卻很有把握似的，不斷說那就是第三代。

我將追隨第三代的視線收回時，只見一個裸女出了浴池卻沒有提燈，獨自驚慌失措。因為那裡散亂著好幾組裹身的白布和浴衣，她不知道哪一組是自己的，正手忙腳亂地找。我忍不住笑出來。

因為親炙活神的感動，那些男人個個都賣力服侍教主入浴和納涼，但也有人光溜溜的，說好笑是好笑，不過倒也是牧歌般原始的光景。女人也是如此。不久，便開始有三三兩兩的人影從島上過橋往旅館來。但有的還留在岩石溫泉和涼亭，還有的在橋上駐足，也有人進了旅館。

女侍對這些情景不如我感興趣便走了。我留在走廊上沒動。唯有橋上和涼亭的提燈，待人影大致消失在屋裡後還亮著。那一晚，大約有十五名男女信徒留宿。

翌日早上，我起了個在東京不會有的大早。六點多去泡溫泉，信徒也零零星星地來了。沒看到教主。回房後，我正在喝晨浴後的茶，前面的平房那邊便開始晨禱。我又走到昨天的走廊上。昨晚那個說祈禱內容是《古事記》的客人正將 Vest Kodak（柯達蛇腹相機）朝著平房煞費苦心地拍照。祈禱完，信徒們又返回旅館。

平房那裡，第二代來到緣廊，攤著腿坐著，將常見於胖女人的小腿直露到膝蓋，把碎菸草裝入小煙管裡，在菸草盆上「叩叩」地輕敲。從東京隨行而來的信徒正輕鬆愉快地與待合[41]的老闆娘談話。那姿態超越了活神的概念。

第三代正在房間裡笨拙地整理行李，仍是一副有氣無力又憂鬱的模樣。

那天早上，教主等人和信徒便離開了。

晚飯後，一個據稱是新橋的和服店兒子的人來我房間聊天。那時我散步到天黑後回來，正在看報。報上刊登了大學朋友寫的首篇文藝時評。和服店少東的聲音像是從唇底發出來一般，言語委實客氣、端正有禮，談話中經常以「如在下這般不學無術」來附和。

從這位少東的話，我才明白難怪教主她們沒有去室內溫泉。這位少東不像我認識清野少年這樣的信徒，因此比我更難以認同大本教。

據說村裡的信徒聽聞教主要前來溫泉，前一天便割草、清石塊，將天城街道到旅館那段長達三町的難走坡道收拾好，還將旅館後的木板橋刷洗過。然後

41 待合：待合茶屋的簡稱，主要是提供給客人與藝妓飲宴歡聚的場所。

打掃室外的溫泉浴池，在入口掛上細竹簾，貼上「禁止入浴」。禁止入浴我也看到了，但沒注意到是為了教主，還以為是浴池壞了。迎來教主的前一晚，信徒們必恭必敬，為活神駕臨感動不已。和服店少東說他懷著看熱鬧的心態，揣著手電筒去看信徒迎接教主。據說信徒們各自提著燈，簇擁著教主下坡而來。教主泡完溫泉在橋上乘涼時，信徒還分別在左右恭恭敬敬地拿團扇為她搧風。

少東又說，「在緣廊攤著腳啪嗒啪嗒地搧著團扇，不僅沒有一點活神的樣子，如在下這般不學無術的人或許不懂事，但實在太像一般的鄉下婆子，也不高雅。」

沒錯，崇拜那兩個女人的男人們，在我看來是滑稽的喜劇，更是有些令人心痛的悲劇。或許她們兩人具備外表沒有的神性與神德，或者容貌與精神兩者均平庸反而是大本教的真理或本義之所在，但我跟和服店少東一樣感到幻滅。

但是，相信大本教的人眼裡看到的卻非如此。教主離開那天，在我用過午飯後約一個鐘頭，旅館老闆娘來打招呼，我便客客氣氣地問起昨晚和今天早上那兩位女先生是哪裡的什麼人，因為我還是難以相信。得到的回答果然還是第二代和第三代。旅館老闆是綾部也認可的虔誠信徒，而第二代的丈夫[42]吩咐教主回東京時要繞道來湯島，她們才會前來。

旅館的老闆娘說，昨晚大家一起恭聽了許多教誨。我默默看著老闆娘的臉，等著她說是什麼教誨，她說是很不可思議的故事，聽了那樣的故事，即使想懷疑也懷疑不了，說完微微一笑，並沒有接下去。我接著她的話問那是什麼樣的故事，她只強調是想懷疑也無可置疑的故事，不回答我。我猜想多半是神蹟之類的，一再追問，老闆娘嘴裡終於吐露出神奇的「神島」。

第二代的丈夫王仁三郎某一側臉頰腫了四十天。說著，老闆娘伸出自己的右手按著臉頰，所以我想多半是右側臉頰腫吧。消腫之後，臉頰上生疔化膿。那個疔的位置漸漸移動——老闆娘邊說邊將右手緩緩往下摸，所以疔的位置應該是依照她的手那樣移動吧。最後牙齦腫起，腫起的地方變成硬塊，整塊掉下

42 第二代教主的丈夫出口王仁三郎為大本教聖師，是教中的靈魂人物。大本教傳女不傳男，因此教主均為女性，出口王仁三郎亦是入贅出口家。

來，變成了舍利子。

臉頰的疔移動到牙齦變成舍利子的順序說服不了我，因此我在談話間提出簡短的問題，仍得不到令我滿意的回答，但當然不是牙齒掉了。

那顆舍利子的形狀與神島一模一樣，簡直是照著神島的樣子化形而來。我不知道神島是什麼，但再怎麼問，老闆娘說的都是「神島是神諭中只知地形卻不知所在的大本教聖地」。看著神島形狀的舍利子，王仁三郎感到不可思議，認為其中有神的意旨，但還是不知道島在哪裡。然而有一天，王仁三郎沒有告訴第二代自己要去哪裡、辦什麼事便一個人出門去了。回來時，他說找到神島了，這才說出舍利子一事，將舍利子加以供奉。

我認為那應該是被靈夢所引導，便問起他怎麼知道通往神島的路，老闆娘只答稱是神明的指示。神島是海上的小島嗎？還是像湯島一樣是個陸地上的地名？到底在哪裡？這個故事於我而言相當空泛。也許神島就和清野所說有「土米」的靈地一樣，所在之處很神祕。而這神島的故事也和土米的故事一樣，形同神話。

警方去查綾部的本部時，據說神也事先諭示了那場災難。當時警方也把嵯峨深山翻遍了。我在關西的報紙上看到這個消息，擔心著清野會因此感到受傷、陰鬱、扭曲。

老闆娘說完神島的故事後走了，我便立刻出去散步。旅館的婆婆說「日頭還很高呀」，幫我拿了木屐。山間野地也反射著刺眼的日光。兩、三天後婆婆又在玄關對我說「你現在很能走了呢」。

「是啊，我不怕熱也不怕走路……。」我笑著出門。

在東京，我也是一天不走一里以上就覺得不對勁。我怕冬天，但炎熱嚇不了我。看到炙烤市街的午後日光，那灼熱的光刺在我虛弱的皮膚上，令我感到想加快腳步的誘惑。暑假去大阪時，我幾乎每天都頂著豔陽走過那酷熱的大阪街頭。

我走在沒有景物可看的田間小路和山路上，走到令人訝異為何要走那麼多路的程度，不分冬夏我都在湯島走著路。往返天城十里也不算什麼，早上從湯島出發，中午在湯野休息，傍晚就能回到湯島。

說要越過天城當天來回，當然非常誇張。但以前我確實經常走路。我想起每天走路的年輕的我。

說起來，這「湯島的回憶」也感覺得出二十四歲的年輕氣息。我之所以會這般寫出大本教教主入浴等事，大概是出於年輕的好奇心。同時，更是基於來到湯島的年輕的喜悅吧。不過，也是因為清野少年加入了大本教。

因為清野，我對第二代和第三代懷有幻想，而幻想幻滅了。

「我不是大本教信徒。但也不是毫無緣分之輩。我所愛的少年的父親在教徒之間也頗具分量。我在嵯峨深山的修行所有許多回憶。那些回憶對我有很深的意義。」

「湯島的回憶」中亦可見這番話，看得出我雖寫了嵯峨深山之事，仍努力對大本教抱持好感。

我去嵯峨拜訪清野時，是我寫「湯島的回憶」的兩年前，二十二歲的八月。

兩年前的八月，一個簡直會晒傷人的正午，我在嵐山下電車，進入嵯峨。我要去找的那個位於深山瀑布的人，是我中學五年級在寄宿宿舍當室長時的室員。他在二年級時和我同寢室，前年夏天已經完成中學學業，避居山中。

前年的夏天我也曾造訪嵯峨，但那位室員去濱寺參加游泳比賽不在，我在他家午睡到日光西傾，沒見到人就回來了。所以我上次見到前室員清野，是他四年級當上室長的七月，我前往中學宿舍，在他那裡過夜的時候。

那年夏天，他們家在上嵯峨還有房子，他們雖然前往山裡的瀑布修行，但不是閉關。因此，我以為他們今年所住的瀑布也在村落中。然而，那裡遠離人煙，只有瀑布旁的清野家、附設的修行者招待所，以及大本教的神社。我大為吃驚，同時也感到不安。

從屋裡出來的前室員穿著深藍色的袴，蓄著長髮。這裡的男子人人都蓄長髮，紮在頸後，垂在背上。

清野極其高興地歡迎我，一副我理所當然會住上一週、一個月的樣子。但是，山中的空氣和涼風都彷彿象徵著靈地神聖的氣氛與修行者清嚴的心境，顯然沒有能讓我慵懶閒臥的地方。

近三十位的修行者大多是二十多歲的青年，安靜寡言，一開口便以鄭重的言詞談論教義。他們始終憂鬱地沉思、低著頭走路，或許因為吃的是令我難以下嚥的粗陋素食因而營養不良，乍看之下，他們的臉色蒼白得令人懷疑有肺病或腦病。我連一雙澄澈發亮的眼睛都沒遇到。而且，看著他們在這山中生活的種種不自然之處，諸如去淋瀑布後刻苦修行，使我對教條有所質疑。

我的鋪蓋鋪在清野住處的二樓，但用餐是在下了坡之後的修行者招待所。與二十多名青年在餐桌旁坐好，嚴肅地拍手，然後閉著眼睛拿起筷子。一個陰沉的青年鄭重行禮，然後為我盛飯。

女信徒有四、五人，當中也有年輕人。有一位據說是大阪富豪千金的十七八歲美人，彷彿忘了修飾打扮般勤快地工作，洗衣、打理男性的和服、準備餐食，當我從二樓望向她拿著幾乎拖不動的大掃帚打掃庭院時，委實感到不可思議。女信徒都睡在清野家。

男人和女人都要工作。只有我在二樓心不在焉地看大本教的書。早上醒來時，屋裡已經一個人都不剩，大家好像都去山上神社的拜殿晨禱了，琅琅齊聲吟誦傳至我的枕邊。

清野的手足中，姊姊和妹妹已出嫁，當時剩下三人留在山裡的瀑布。

清野在中學的一個朋友，是只受過鎮魂但不算虔誠的信徒，碰巧與我同時來訪。這人有一次指著清野家最小的十二三歲孩子，問我認為他是男是女。我回答「當然是女孩」，不明白他為何有此一問。他笑說「是男孩」，雙方各持己見，我說「任誰來看都是女孩啊」，他說了句「那你看好了」便站起來，假裝要和那孩子玩相撲，突然就揭開露骨的證據給我看。我驚呼的同時，也對這個人大為激憤。

攏起和服前襟、生氣地追打那人的孩子，無論怎麼看都是個好強淘氣的女孩。並不是他刻意模仿女孩，而是當他忘我激動時就更加像女孩，無論打扮、動作、舉止，就連聲音、用詞都似女孩而不是男孩。那孩子和東京十二三歲的女孩一樣，蓄著及肩的學生頭，是少女般光亮潤澤的頭髮。而且他說的是關西腔，不像東京腔那般在語尾有明顯的男女之別，我因而更不會想到那孩子是男孩了。

我受到刺激。因為我從室員的弟弟身上，看到了幼時的他。

「我從室員的弟弟身上，看到了幼時的他。若說清野具有女人的性情，只怕有些侮蔑對方，也偏離了事實，但這位前室員的性情就像一個溫婉的女子……」

我接著這麼寫。這「湯島的回憶」因來到湯島的感動、逃離東京的感動而輕狂，很多地方都是以這份輕狂來思考、描述的。

相較於《伊豆的舞孃》，這傾向在描寫清野少年的部分更偏重得多。自以為是的解釋很多。但是，現在五十歲的我看來是自以為是的解釋，只怕對當時二十四歲的我而言不能說同樣是自以為是的解釋。因為假如人生有五十年，「湯島的回憶」正好是我前半段人生的文章。

我寫「逃離東京的感動」，並不是玩文字遊戲。為了推出全集，我也重讀了二十三四歲時的日記，我為當時糟糕的生活而吃驚，甚至難以相信那樣的日記和這部「湯島的回憶」是在同一年寫的。

若說清野具有女人的性情，只怕有些侮蔑對方，也偏離了事實，但這位前室員的性情，就像一個溫婉的女子一直待在和樂的家庭裡，從未關心過俗世，也沒有機會接觸社會，就這麼茫茫然、安安然地成長到十七歲，然後出現在中學五年級的我面前，令我大為驚異。

不僅是心性，清野也有很多女性化的動作。他會將我脫下來亂丟的和服不聲不響地疊好收進衣箱。只要看到我的衣服有綻線或勾破的地方，便立刻端正坐下，以靈活不輸女子的針線加以縫補。

這麼一想，他待在嵯峨這邊的弟弟雖然因上中學而理了個極短的平頭，卻也不是沒有女性化的地方。他們的父親確立了不可動搖的信念，這點一目了然，他不但是個風格凜然的男子，更是個嚴峻得令人不敢與之對視的修道者。母親也是個溫和的好人，沒有特異之處。這對夫妻所生的兒子為何三人都如此？當時，也就是兩年前在嵯峨修行所的氣氛中，我將其原因的一部分歸咎於其父自年輕時便有的宗教生活與信仰精神，對此感到一絲神祕，反而為清野少年高興。我從以前便感覺這名少年天生就是宗教之子。

離開中學時我曾想，這名少年與我分別後多半會迷途，失去心靈的歸宿。因為他視我為偶像，全心傾注於我、倚靠我。結果，果真如我所憂心的，他彷徨失措，遍體鱗傷的心逐漸朝神明而去。每當看到他訴說這些事的信，我便想，他果然要走向宗教了嗎？我認為他在我眼中之所以是個幸福的人，是因為他的心欠缺了懷疑的功能。他二年級當我的室員時，原封不動地相信了父親所信的神，但他將我與那神明融合為一體。我感覺得出，隨著我去東京的時日愈久，原本我與神明的一體有一半遠離了，他的心似也因而分裂，於是他加強了剩下的神的部分，以填補我所製造的空虛。以他的個性，信奉他父親的宗教大本教，便如水往低處流般自然。

我中學時，大本教尚未轟動社會，我只模模糊糊記得「皇道大本」這個名字。我首次造訪嵯峨深山時，問起去清野家的路，他們在嵯峨似乎很有名，無人不知，但人們對我描述的卻是金光教[43]的大老師。前年夏天造訪時，也是去

43 金光教：創立於江戶末年，與黑住教、天理教並稱為幕末三大新宗教。

了才知道原來清野的父親是教徒中的重要人物、在瀑布那裡有修行所等等。

我在清野家二樓看了神諭的釋義書和祈禱書，以及其他的傳教書，但認為內容就宗教而言幼稚且缺乏深度，同時也認為教義刺激性強，會使某些人亢奮。

我與修行者們一句話都沒有說過，清野的母親也沒對我傳教。唯有清野那位中學的朋友跟我隨便說了一些和大本教有關的事。他說的是「鎮魂歸神」的情形。清野也在一旁笑著叫我試試。他們沒有強迫我接受。我有點心動，假如接受鎮魂歸神，結果並沒有像一般人那樣受到施術者的影響，也就是能夠反抗神力的話，這會是考驗我理性的好機會，但我實在覺得有點噁心。據說沒有人在接受鎮魂之後還不信神的。而我所自認的理性堅強，根據清野的解釋，無非是附在我身上的惡靈更加凶惡並極為執拗。

每一個人都有惡靈附身。所謂的鎮魂便是以正道神靈之力，驅離人們身上邪惡的惡靈。趕走惡靈、由神靈入主後，有了神的守護加持，便能復歸於人原本善良的樣貌，也就是歸神。方法是先與施術者對坐，而施術者是正神之靈。

施術者吟誦大本的神名，受術者要複誦。無論自己的意念如何，受術者都會不由自主地出聲複誦。受術者的身體將不受意志控制。接下來正神與惡靈會展開對答。施術者問起對方的姓名、住址、嗜好和性向，而受術者代替自己體內的惡靈回答。例如，當清野的父親問「你叫什麼名字」，我將會說出至今聞所未聞、稀奇古怪的邪神之名；問起喜歡什麼，便會回答油豆腐，諸如此類。然後施術者便以正神之力點化惡靈，命他離開人體回到他自己本來的地方。這與催眠不同，因為據說受術者並未陷入催眠狀態，是意識清楚卻不由自主做出違反意志的言行，並在結束後仍清楚記得受術中的自己。

附在清野那位中學友人身上的惡靈是一隻具有神性的狸，而我身上的惡靈則是狐，而且據說是相當執拗的一隻狐。

清野少年說託修行之福，現在他看到一個人便能夠判斷該人身上的惡靈為何，但尚未到達能向人施行鎮魂歸神之法的程度。

像是我，則要請人幫我鎮魂，了解折磨我、使我作惡的惡靈是什麼，透過先賢施術者恭請神明之力，喚醒我體內的本性與守護神，加強力量，是為踏出趕走惡靈的第一步。爾後我便能夠以自身萌生的善性與神力對自身鎮魂，一直奮戰至打倒惡靈為止。如此就能成為大本教所要求的正正當當的人、成為神之子。這是修行的第一階段。

那些蒼白沉鬱的人們便是彷徨在這第一道門前，蝸居於此山中，靠著自己的信仰和清野父親的指導與助力不斷奮戰，努力趕走惡靈，走向神性。他們的開悟，與禪似乎是類似的。

在我思考大本教是否值得那般苦修之前，嵯峨的修行所裡那些青年沉鬱的樣子便已使我頹喪。但一看清野少年，卻是天真無邪。清野一家人人一臉開朗溫和，全身充滿了平靜的喜悅。每次聽清野少年說起自己的信心和大本教的奇蹟，都覺得像聽小孩子說童話故事。他從石崖上跌落卻沒有受傷、我到他在嵯峨的家拜訪，在他口中都是神蹟。他說了很多，還讓我看了「土米」。

據說那是位於綾部還是哪座山中，因神諭而得知的一片暗藏於世的聖地上，因神的旨意而生長出來，並非自然長出，顏色像乾掉的泥巴，樣子很像粟米粒的土粒。清野給我看的土米有整整一大紙箱。每一粒都完美無缺、一模一樣，令人懷疑機器也未必作得如此劃一，若這是天然的土粒，當然不可思議。據說當日本面臨國難即將顛覆時，會發生可怕的飢荒，顆粒不收，餓殍遍野。屆時，大本教教徒一天只吃兩、三顆神明恩賜的土米就能存活。當災厄降臨，神將會篩選人類，只留下甚得神心者，最後只有大本教教徒能解救國難，全國國民均是大本教教徒的新日本光明盛世將會來到。於是世界重建。

我吞了四、五顆藥丸般的土米。根本就是土味。也許因為我不是信徒，而當時也不是國難之時吧，吃了還是好餓。

我在第三天上午向結束晨禱的清野少年告別，逃離山中。

因為身為異端的我在那裡委實不自在，而且大本教的氣味令人難以喘息。我打定主意，以後就算去找清野，也不要去瀑布那裡，要請他下山來到山澗旁的旅館。在瀑布的修行所根本沒有時間放鬆下來說說話，也很難將清野的心帶回中學時代。我對大本教本身沒興趣，只是想了解少年信奉大本教的心境。他虔誠的心令我羨慕，那誠心洗滌了我的心靈。若大本教是邪教，或許我應該努力讓他從執迷中清醒，但我顯然做不到，也不敢輕易說非那麼做不可。

清野少年並不是為了一解令人痛苦的心頭憂悶而求神的。也不是一度試圖反抗後臣服於神。而是父親所崇信的宗教自然而然灌輸給了他。即使在修行的途中，想必他也不會遇到邪念的阻礙或懷疑帶來的執迷吧。他大概會輕輕鬆鬆地走上光明平坦的道路。應該說，他是個不需要修行的信徒。不須歷經信仰的痛苦修行而攀上某個高明的境界，他只要維持出生時便不曾失去的心境，並以信仰加以支持，不使其沾染塵埃即可。

聽清野談信仰，我既不覺壓迫、強制，也未感到理性的反彈。我面對的固然是一個相信著我眼中無稽之事的偏執狂，但我從他身上並沒有感受到應該會有的頑固和死板。他只是開朗愉快地對我微笑。儘管那微笑中有幾分可笑，但少年純淨無雜質的信心流淌而來，我並非受他的信仰感動，而是他虔誠的心幾乎要感染我。

看到清野少年淋著瀑布的模樣，我接收到靈感，驚異地睜大了眼。

沐浴不用熱水是修行者的原則。他們以瀑布和河川齋戒沐浴。瀑布落在陰暗的樹蔭裡。我雖有柯達相機，但即使在夏日正午，五十或二十五[44]是拍不出瀑布的。瀑布的水量也相當多。高度或許不到七間。因為天氣很熱，我一抵達，清野便邀我前往瀑布。他的長髮上戴著像橡膠泳帽之類的東西。

據說大本教徒之所以蓄長髮，是因為相信好的神明會從頭髮進入體內，而邪神則是從指縫中進入，清野還教我要如何結手印驅趕邪神。

光是接近瀑布，我的肌膚便感受到涼意。坐在樹蔭下的涼亭聽著瀑布的聲音，我就不想去淋了。

琅琅祈禱聲響起，震動了水聲。啊，少年背後生光。只見他端坐在岩石上，閉著眼讓瀑布打在身上。他以全身唱誦祈禱，雙手合掌緊貼於胸。合掌的手臂不時筆直向前伸。那是要驅逐從指縫進入體內的惡靈的姿勢。

怎麼看我都覺得有光從少年身後包圍著他。仔細想想一點也不奇怪，就只是瀑布打在他身上，細細水花形成的光暈在他周身畫出一圈白色的朦朧罷了。

44　此處應是指相機的快門速度，五十分之一秒或二十五分之一秒。

但是他的身體以美麗的、精神統一的姿態靜止不動。被打溼的臉是法悅滿盈的平和之色。那是慈悲與和平之像。絲毫不見正在苦修的意識和肉體上的痛苦。既沒有想逃避苦修所帶來的迷惘邪念，也不見苦行臻至而達崇高心境時的喜色。那是幾近於出生時天真的自然之姿。但是的確是神聖的。我因首次親眼看到應稱為靈光的情景而深受感動，一陣戰慄。接著感到強烈反彈，我便要自己強打起精神。

清野是不是很久以前就皈依於我？但當瀑布水花在他身形成光時，他身上、臉上所出現的精神之崇高，遠非我所能及。我在驚異之後隨即感到嫉妒。離開瀑布來到我身邊的少年笑著，彷彿已忘了淋瀑布一事。怎麼看，都與瀑布下的他判若兩人。即使他邀約，我也沒有再去過瀑布了。

我要回去時，清野少年送我到一塊幾乎可視為小丘的大岩石一角，坐在那塊岩石上，遠遠望著我走下山谷。

此前我已聲明，「湯島的回憶」中關於清野少年的回憶部分不像《伊豆的舞孃》那般有條理，現在若要將其整理為小說風格，我也覺得不自然。《伊豆的舞孃》幾乎完全依照「湯島的回憶」的原型便有小說的樣子，而這部《少年》即使成不了小說，我也還是希望盡可能保留「湯島的回憶」的原型。

也就是將我中學時代的日記、高等學校時代當作作文提交的信件、大學時代的「湯島的回憶」，一同收集於《少年》中，再添上幾許如今五十歲的我的話加以串聯。

嵯峨訪問記在清野「坐在那塊岩石上，遠遠望著我走下山谷」之處便算是結束了。

之後便是生澀但任性地寫出清野少年的存在對我的意義、感化等。這部分暫時往後放，我先摘出關於清野信仰的記述。

我是在中學五年級的四月時發現，清野似乎相信一個我不能理解的神明。當時他才來到宿舍沒多久。

我發燒而睡著了。約莫半夜兩點多吧，我從發燒的淺眠中迷迷糊糊地醒來。醒來時，聽到清野的聲音反覆低誦著一句聽不懂的話。因為這聲音，我睡得更淺了。我微微睜眼。清野與另一名室員就坐在我枕畔。我發現他們在看顧我。清野合掌搖晃著身體，口中唸唸有詞。我立刻閉上眼睛。他們兩人都不知道我醒了。

「唎唎嚇嚇，唎唎嚇嚇，唎唎嚇嚇，唎唎嚇嚇……。」

聽起來是這樣。我想應該是一種加持祈禱。

因為清野太過正經，另一位室員也不敢笑的樣子。

要是我突然睜眼，讓清野知道我正在聽那令人不解的祈禱，那就像撞見清野的祕密，也怕會讓他感到難為情，所以我一動也不動。在他替換我額上的溼手巾時，我才睜眼。

到了翌日，清野和我都沒有提起唎唎嚇嚇。儘管我覺得有幾分滑稽可笑，但他一副一本正經的熱心模樣，又為我祈禱，令我心生好感。唰唰嚇嚇的聲響不時浮現耳際，我只能暗自苦笑。

等到我們熟識之後，我才問他唰唰嚇嚇是什麼。清野既沒有厭惡之色也沒有為難的樣子，不以為意地笑著說，那是向你不知道的仁慈神明祈禱，你的病就是這樣好的。

後來，他慢慢向我說起那位神明。說的時候既不合邏輯，內容也沒有條理。我否定神的存在，與他對立。當時我並不知道清野所信奉的神明與其教義，所以我並不是攻擊他的神，也不到一般無神論的程度，就是無聊的為反對而反對。他被我逼急了，就推拖說自己解釋不清楚，不如去他家和他父親對答。

而且，我不相信清野所信仰的神，對他而言似乎難以理解。他似乎有種有違自然的感覺。他認為我只是時候未到，但那一刻終究會來臨。清野認為，相信那位神明、為那位神明效力，才是優秀正統的人類唯一的正道。所以在他的眼中，我應該是為那位神明而生的人。後來清野也明白地說出：你是領受神的命令之人。你是應該為神做大事業的人，你自己還沒有發現，但總有一天你會明白的。清野說我是神選之人。他的話裡沒有諷刺也沒有執拗，是童心的流露，是坦誠的信奉，是愛與敬的表現。這些讓我相信，清野可能將他的神與我合為一體了，可能在無意識中將我擺上他那神明的神座。

我在來到東京之後，才清楚了解到清野的信仰稱為大本教。

我造訪嵯峨深山時，清野也不見躁進之色，並沒有急著將神與我連結起來。多半是因為他已遠離了我而接近了神吧。但是，他還是有幾分相信，總有一天我一定會投奔大本教的神明，他大可安心等待的樣子。

總之，就像唰唰嚇嚇那時，如今清野應該也願意為我而祈禱。而像他這樣的人的祈禱，神明定會欣然接受的。

如此看來，即使我現在不信大本教，在遇到神諭所預言的世界重建之時，有了清野的祈禱，我一定也會在神明的加持之下安如泰山的。

像這樣一時忘形亂寫，我就會開起玩笑。

但是，我之所以對第二代和第三代泡溫泉的模樣異常感興趣、寫得又臭又長，也是因為清野的關係。話雖如此，我對大本教從未認真關心過。

接在亂寫之後的，一樣還是帶著半分戲謔。

意外在天城山腳的湯島溫泉遇見清野他們的活神第二代、第三代教主，是多麼巧合的偶然啊！這豈非某種機緣？會是因為清野在嵯峨深山淋著瀑布為我祈禱的神力之功嗎？自從我經常來訪，這溫泉旅館一家人也成了狂熱的大本教信徒了。

那時，清野坐在嵯峨深處的大岩石上，遠遠望著我走下山谷，從此我便沒有見過清野。那是我二十二歲的夏天，所以是大正十一年，幾乎是三十年前了。

大正五年的春天到大正六年的春天，我在中學校的宿舍與清野同室生活，當時我五年級，室員清野等人是二年級。

當時的日記，大正五年十二月十四日與大正六年一月二十二日的已抄錄於前，在此則摘出出現清野之名當天的日記。

日記始於大正五年九月十八日。十一月二十三日的日記中提到：

「昨晚上床後沒有交談一句便睡著了。

「忽地在昏暗中醒來，我握住清野暖暖的手臂。感覺我整片左臂側面的溫暖都是從清野的皮膚傳來。清野一無所知地抱著我的手臂睡著。

「這樣的情形發生在入睡前、睡醒時，自十天前便一再發生。」

可見，與清野的這種情形自十一月二十三日的十天前便開始了。

九月十八日的日記雖未出現清野的名字，但這天是這份日記的起始日，便抄錄於此。

日記從九月十八日跳到十一月二十二日。這段期間沒有日記。

大正五年九月十八日。晴。

鬧鐘沒響，我們睡過頭，工友來叫我們。

小泉穿著睡衣便下樓去搖起床鈴，同時間我去了冷水浴場。

月亮在頭頂正上方，好白。

七點四十分到校。

體操課曠課，回去趴在宿舍的榻榻米上，看《法蘭斯物語》[45]。

45 法蘭斯物語：一九〇九年出版，永井荷風的短篇小說集。

今天也一早就到學校，我得到了什麼？一想真是悲從中來。儘管我在學校教學中天天過得像個異教徒，卻也拖了五年，眼看就快畢業了。明知對自己而言，放棄這樣的生活才是真實，卻因為缺乏天分的自己不可靠，又怯懦地害怕爭鬥，只求生活平安，以至於在躊躇中妥協地過了這五年。若以至今所耗費的金錢、時間與勞力走我自己的路，肯定已有所成，成長為更能幹一點的自己了。

但不久後我也將從這種生活中解放。往後還要繼續的學生生活，是否同樣會以幻滅告終？切勿再落入為此擔憂的不安。

啊啊，真想將我所擁有的生命全數燃燒殆盡。

今夜的星空很美。

乳白色的銀河穿過夜空正中央。

在熄了燈的寢室窗口，凝望今夜格外鮮明的北十字星。

花袋

時光荏苒。
而荏苒之聲明顯
可感。
就是那個聲音。
就是那個聲音。

大正五年十一月二十三日。晴。

身邊那些少年看了就討厭。每個人的眼中似乎都閃著輕蔑，令我難以忍受。我甚至起了「給我等著瞧」的敵對之心，不想開口，我就快消沉憂鬱了。一想到這些全都來自自己那受到摧殘的心靈、彆扭的心態，便慚愧萬分。一看到單純誠懇之人，便覺得自己真的很可悲。我這多疑刁鑽的心，再也無法重回赤子之心了。

為什麼呢？就連曾經那麼信賴、那麼熱愛的室員們現在都好乏味。

昨晚上床後沒有交談一句便睡著了。

忽地在昏暗中醒來，我握住清野暖暖的手臂。感覺我整片左臂側面的溫暖都是從清野的皮膚傳來。清野一無所知地抱著我的手臂睡著。

這樣的情形發生在入睡前、睡醒時，自十天前便一再發生。

清野只是替我溫暖冰冷的手。如此而已。

正要吃早餐時，有電話找清野。清野說，祖母去世了，他必須回家。

回到寢室，與杉山兩個人一起，將用來包裝寄給杉山的包裹的舊國旗繫在竹竿上，伸出窗外。

訂了羽織。散了步。

清野回去了。

我能夠以好的心態來看室員了。

心實在靜不下來，便帶著室員小泉去千里山。上次聽通學生[46]Y說起，因此想去看看診所的一名少女，診所那扇味道還很新的門卻鎖著。本日休診。回到宿舍就中午了。

腦袋發愣。躺在草地上晒暖暖的日光。

回到寢室，翻翻看了一半的《死亡的勝利》[47]，又打開《復活》但看不下去，這時S前來，我們便外出。去了T書店。賒的債都還了，但還是很難對這家店感到親近。

一年級的N在店裡。我感慨萬千地細看這個少年。N美得讓我好想用力搔抓全身、美得我好想哭。

N在不久後也將迎接青春期，此刻的美便會消逝。我也會離開N他們。注視著眼前如此的美，想到與他沒有任何接觸便要在不久之後離開此地的自己，

46 通學生：相對於住校生，指每天從家中通勤上學的學生。

47 死亡的勝利：原名Il Trionfo della Morte，義大利作家鄧南遮（Gabriele d'Annunzio, 1863-1938）的重要作品《玫瑰三部曲》之一。

令我無限失落。N總是在我的腦海中。但對N而言我算什麼呢？N在不少美麗少女眼中想必是非常可愛的。若現在有什麼會引領我走向死亡，那便是醜陋的悲哀。

我沒去聽晚上的演講，鋪床睡了。

清野沒有回來。小泉睡在我旁邊。我像對待清野一樣把玩小泉的手。

大正五年十一月二十四日。週五。陰。

去洗了兩三天沒洗的冷水浴。

天氣持續陰晴不定。

讀白鳥先生[48]的《死者生者》。

去郵局領了七圓。去訂了羽織的萬嘉付了錢。

散步回程，和H繞到足立零食雜貨鋪，室員小泉和杉山來了。

整理書籍。心靜不下來。

就像昨天之前被一年級那位N少年吸引般，我的視線又被同為一年級的M少年所吸引。

昨天中午時分，在宿舍舊自修室舉辦的展覽會上，我發現了美麗的臉頰。帽子戴得很深，從底下露出眼睛、眉毛、額頭。今天他沒有戴帽子，我看到他的臉頰。據他說是通學生，名叫M。討喜的是那玫瑰色的臉頰。我頭一次看到那麼鮮活的臉頰，玫瑰色包圍了他的大眼和濃眉。孩子氣的頑皮還沒有褪盡之處，尤其可愛。

然後在街上看到一個有些美麗的少女。穿著不是很好的衣服，抱著一個小孩，戴著眼鏡。（自從聽說了醫生千金的事，就經常注意戴眼鏡的女孩。）

但是這究竟算什麼？看到比較美的人事物時，我心裡出現的到底是什麼？

48 白鳥先生：正宗白鳥（1879-1962），日本小說家、劇作家。

為什麼我這麼下流？

讀了《新潮》上《受難者》的評論。看到赤木桁平先生的評論後，我希望自己在遇到我的女人之前都保持童貞。

大正五年十一月二十五日。週六。雨。

昨晚清野回來了。

我對室員的心正搖擺不定。

也許真正的愛已經過去了。並未出現讓我想當成弟弟來疼愛、希望他心裡只想著我一個人的少年。正如同我的興致逐漸冷卻，一想到也許室員們對我也是如此，便感到失落。我還是希望他們掛念我。

看了田山花袋先生的《獨自在山莊》。

不知怎的，無法在寢室裡靜心看書，去散個步回來，還是浮浮躁躁的，便約片岡君去理髮。

中午時分開始下的雨在路上形成積水。

在理髮店借了毛巾和肥皂，與碰巧前來的中澤君一起直奔最近的澡堂。一身清爽的三人結伴回來。

來到校門口，正要獨自回家的白川笑得很美，他摘下帽子，低頭行禮。我們不約而同面面相覷，停下腳步。不知道他是向誰敬禮。

白川是全校第一美少年。再沒見過這麼well favoured（貌美）的少年了。他比我們小一屆，是個非常認真的人，本來一直出現在我的幻想裡，但自從他白皙的臉上開始出現兩、三顆小小的青春痘之後，我認為他的美劣化了，便將他淡忘。但像今日這樣被令人恍惚的少年美震撼則是第一次。

晚上，讀了一點長江先生[49]譯的《死亡的勝利》。

49 長江先生：生田長江（1882-1936），日本的評論家、翻譯家、小說家、劇作家。

現在再把欠田君的習作《再生》重看一次吧。

尺八的聲音聽起來在抖。

雨停了，但外面似乎很暗，書盒的形狀清晰地映在玻璃窗上。

大正五年十一月二十六日。週日。雨。

入睡時少了室員溫暖的胸口、手臂、嘴脣的觸感，無論如何就是若有所失。

看來清野果然很單純。

有一次他說：「我沒有任何放在心裡沒說的事。」

「真的嗎？真的嗎？」我纏著他問。

「真的。有事卻不說，我會很擔心、很擔心、擔心得不得了。」

清野就是這麼一個少年。雖然極為好勝，卻很誠實。

「我的身體已經給了你，就任你處置。死活由你。要吃掉、要養著，真的都隨你。」

昨晚他也不以為意地說出這番話。

「就算抓得這麼緊，醒來的時候還是會分開啊。」說著用力抱住我的上臂。我感到無比愛憐。

夜裡醒來，便看見清野那張傻傻的臉。無論如何，沒有肉體之美就無法引起我的憧憬。

溫溼的空氣、昨夜下起的雨，讓校舍溼淋淋的。

洗了冷水浴回來，寢室內的惡臭令人幾乎無法呼吸。都是杉山那可悲的惡習，我好同情床鋪在杉山旁邊的小泉。

注意力為什麼這麼散漫呢？完全靜不下來。別說提筆寫東西了，甚至無法專心看上十頁的書。——就連寫這日記，頭也陣陣作痛。我瘋狂甩頭，握拳一下下用力地敲打。

在街上信步走了一圈回來，面向書桌卻只覺得苦悶。不知如何驅趕這煩悶，覺得自己可能會發瘋。

亂扔了各種書之後，讀了兩、三部寶塚少女歌劇的劇本。

下午，與H君外出，昨天送修的帽子修好了，便戴著回來。

下了整個週日的雨，連門都潮溼了，開關沉重澀滯。

晚上，讀小劍先生[50]的《二代目》，讀到春日砍手指那段實在受不了。到底該拿這頭痛怎麼辦？想著就一陣亂搖亂甩。

不知為何，我看到手術或受傷的描寫時，會感到令人發狂的威脅。這些描寫牢牢印在我腦海中：小山內先生[51]的《手紙風呂》砍手指的地方、還有鏡花先生[52]的，都清清楚楚地留在我腦中。

更別說看到實物了，到時我的心臟會承受怎樣的恐怖啊！

夜裡，睽違兩、三天的星星閃爍著，預告明天的天氣。

今晚，我由衷喜愛清野。

早上醒來，有點難得地地震了。

——像這樣積了十幾張的日記，我都收在書桌的抽屜裡。室員都知道。他們都是持心比我正直的人，應該不必擔心，但也不見得不會一時起了好奇心。而且，也不能保證哪時不會有朋友為了什麼事打開我的書桌。一想到就害怕。就連最親近的人，現在的我也沒有勇氣讓他們看這些。若要繼續寫下赤裸裸的自己時卻被人看見這些日記，對我而言一定很要命。危險。室員當中我雖相信清野和小泉，但一想到杉山會不會偷看之後故作不知，便感到噁心。我必須想想辦法。

從鋪蓋站起來打開窗戶，乳白色朝霧細微的粒子可愛地停留在手上，令人

50 小劍先生：上司小劍（1874-1947），日本小說家。
51 小山內先生：小山內薫（1881-1928），日本小說家、劇作家、導演。
52 鏡花先生：泉鏡花（1873-1939），日本小說家、劇作家。

心情愉快。

第二節課有倫理的考試。因為可以參考課本，學生必須以申論來答題。「我——。」我以此開頭，長篇大論地寫的全是自己的想法，卻覺得脈絡不順、想不到貼切的用詞、似乎寫得前後矛盾等等，回答得實在不夠全面。但我答得很愉快。只是若不違心稱誦老舊的道德，就達不到齋藤老師要的結論，這一點讓我比較擔心。

三點半，我在澤田鐘錶店，拿起一塊冰冰涼涼、好生舒服的銀，看到興奮地注視著它的自己。我是被雕著纖細圖案的小型銀錶所吸引，無法壓抑突然點燃的欲望而一逕趕來的。

但小型錶當中沒有我中意的，便請店家讓我看大的。我看上了一塊嵌景泰藍的華美銀錶。是價格最高的。我拿我的虛榮心無能為力，無法不選擇最高價的東西是我的惡習，也是我的本能。

加了有裝飾硬幣的皮繩。

我照最初便盤算好的，將存摺和印章交給老闆，再三纏著託他去郵局幫我領錢，他死活不肯答應，我只好不情不願地自己去了。繼十一月初的三圓、七圓，然後是今天的十四圓二十錢。我顧忌著郵局的人，覺得很丟臉、很內疚。

亮燈後才離開鐘錶行的我，刻意遠遠繞過堤防，時不時偷瞄手錶。下了坡遇到大口君，匆匆將錶藏起。

晚上，和服店將做好的羽織送來。對這件羽織，我也思緒萬千。

五十圓的存款，睡衣，羽織，銀錶，全都形同孤兒的象徵，讓我眼中含淚。祖父死後，我能自由動用的遺產便是祖父的存款，他藏起來的勸業債券五十圓。

大正五年十二月一日。週五。晴。

——忙著寫學校要交的《學生日記》，沒有閒工夫細寫這部日記。——

日曆上的冬天來了。

上次買的錶不準，我懷著退貨的決心去了一趟澤田。老闆不在，我便說先把錶留下。對方說會再進相同的錶，但如果沒有，他們會修理這支錶，希望我包涵。若是後者，我要設法推辭，去大阪買更有品味、更貴的。

我真的喜歡上清野了。

「當我的企鵝吧。」我說，「好。」他說。

大正五年十二月二日。週六。雨。

完全沒有複習，但英文文法考得還不錯。

回宿舍以後，去了一直掛心的澤田鐘錶行，但寄去大阪的快信還沒有回音。

去了澡堂。應該很少人像我這麼喜歡洗澡吧。洗完澡前往附近的烏龍麵店，吃了豬肉烏龍麵、豬肉鍋。一個髒兮兮的孩童熟門熟路地進屋來。跟他東聊西聊，一下子便友好起來，把烏龍麵和肉托在手心裡給他，然後又放在碗蓋裡給他。他狼吞虎嚥的樣子真叫人難過。問店裡的人，他們也說不知道是哪裡來的。

打開在岸本書店買的《新潮》以及東京寄來的《文藝雜誌》，撐著傘邊看邊走回宿舍。

杉山回家了，只有清野、小泉和我在。莫名地感到空氣很柔和。或許是杉山周身總是圍繞著那股惡習的臭味，我就是沒辦法喜歡他。清野、小泉……？我想和更願意為愛燃燒的少年共創room（房間）。

雖然必須把學生日誌趕出來，但今晚我只想閒談，小泉也過來一起圍著火盆。

大口君來了，說有事要拜託，給我看了一封信。是和他住同一區那個姓河內的僧侶的兒子寫的。我透過大口君向這名少年借了相當多小說，也知道他醉心文學，不願安於繼承寺廟。

昨天大口君收到這封信，K君、M君等人大肆起鬨，M君在課堂上代寫了回信，所以我一直以為這八成是女人寄來的，相信他一定也會給我看所以等待著。結果卻看到男子的名字，讓我有些失望。

一看之下，這個姓河內的少年寫道，在秋日深夜，注視著所謂「清白無辜的妹妹、對異性的意識尚未覺醒的妹妹」的睡臉，忍不住寫起回覆大口君的信。「如果是清純的愛，將她視為妹妹的愛，那麼我很樂意同意你這位無二摯友對我妹妹的愛。我知道喜愛年輕女孩的心無一不伴隨著內心黑暗的欲望。但我由衷相信你。若你是真心愛她，我也不會對你囉嗦，我沒那麼不通人情。」

而大口君想拜託我的，是他答應借河內《受難者》，所以希望我借他。我勉為其難地答應了。

我認為大口君的愛裡，多數是好奇心。那位妹妹是什麼樣的女孩呢？真想見見她。我很羨慕大口君的勇氣。他這麼做需要多大的決心啊！既然已經向愛人的哥哥表明心意，他往後打算如何負責呢？大口君給許多朋友看這封信、讀代筆的回信，若河內和他妹妹是認真的就可憐了。我不知道河內有多相信大口君、多重視妹妹、對愛情有什麼想法，但他這麼做太不負責任了。

我何時才有勇氣向人坦誠我的戀情呢？悲哀啊。我希望大口君的愛不會有結果。這是嫉妒嗎？

晚上，我要右抱清野的手臂、左擁小泉的手臂就寢。

大正五年十二月三日。週日。晴。

我一心都在手錶上，浮浮躁躁的。

吃完早餐便帶著《徒然草》的單據和存摺去虎谷書店。老闆似乎剛起床，說店裡沒有書，要訂貨。

朝霧在街上悠悠流動，十分清新。鐘錶行仍大門深鎖。真不耐煩。想著在開門之前去散個步好了，便走上通往T村的鄉間小路。頂多只遇到載著地瓜從河內過來的車，不見行人。

我挺起胸大步地走。喜悅自體內深處泉湧而出，一顆心幹勁十足。認真思考早上去信申請一高入學簡章一事。老早便決定要去三田[53]或早稻田文科的我，突然想到帝大，想到一高。昨晚起突然興起對向陵[54]的嚮往。

散步三十分鐘左右，繞到澤田鐘錶店。過了一陣子後老闆起床出來，說大阪也沒有同款的錶，要我包涵，我便帶著原本的錶回來。

在堀書店付現買了托爾斯泰叢書的《伊凡・伊里奇之死》。現在我只剩下二十多錢了。

寫學生日誌。

下午，錶的長針和短針無法順利指出時間，我想對時，指針卻「啪」地斷了。不好意思去澤田，便去石井鐘錶店請他們幫忙裝。

S君找我出去，吃了小田卷和鴨南蠻，洗了澡。

明天有立體幾何的考試，所以熄燈後在圖書閱覽室唸了一點書，然後在辦公室和N先生聊到十一點左右。

大正五年十二月六日。週三。晴。

早上寄出了給京都M先生的信。

欠田君為我帶來了《Guy de Maupassant's Short Stories》（莫泊桑短篇故事集）。

地理考試准許參考課本，但考題非常難。

代數我認真上課了。國語也乖乖聽講。歷史也很專心。因為我起了去考一高的念頭——。

吃過午飯以後，教室裡有十二指腸鉤蟲的預診，但我蒙混過去了。我的每個室員都因為有感染的可能而必須做糞便檢查。

想著要為唸書而運動，我做好去洗澡的準備之後外出。

53 三田：東京都港區的地名，因慶應義塾大學位於此處，也以此代稱慶應義塾大學。

54 向陵：即舊制一高。因位於東京都文京區的向丘而有此別名。

確定澡堂裡沒有熟人、年輕人、女人之後，我這才敢頭一次讓我的肉體好好映照在鏡子裡。

肉體之美、肉體之美、容貌之美、容貌之美，我是多麼嚮往美！我的身體依然蒼白無力。我的臉沒有一點青春洋溢，發黃陰翳的眼睛眼神不善，甚至可說銳利凶惡。

去了虎谷書店，怯怯地拿了青木、佐野兩位的《徒然草新釋》，對老闆說前幾天已經向舍監請款，便逃出來。前些天借的《新潮》也好《徒然草》也好，書店對我所說的話會怎麼想？

前往百瀨租書店，租了柳浪氏[55]的《今戶心中》和虛子氏[56]的《俳諧師》。

晚上，查了Step第四讀本的第一課和第二課，也做了代數。

杉山今晚也熬夜唸書。

大正五年十二月七日。週四。晴。

昨晚，深深感到我真的必須愛我的室員們，必須更誠摯地活在室員心中，更純粹地將他們抱在懷裡。

今天也是，早上清野的胸口、手臂、嘴唇、牙齒在我手上的觸感，真的可愛極了。最愛我、肯定會容許我的一切的，就是這名少年了吧。

生方敏郎氏又寄來明信片，以鋼筆草草寫著，七日下午四點起，在大阪高津神社內的梅屋舉辦《文藝雜誌》聯歡會，希望我務必出席。我好高興，好想去。雖然那是漢文課的時間，我也一定要去，我盤算著要穿有袖兜的棉襖和新買的羽織去、去郵局領一些錢再去等等，興匆匆出了教室，要去跟稻葉老師說家裡有事請准許我回家，都已經準備踏進教職員室了，又想了想。與前來聯歡

55 柳浪氏：廣津柳浪（1861-1928），小說家。

56 虛子氏：高濱虛子（1874-1959），俳人，小說家。

會的人們談話的我，年齡是多大？特別是知識如何呢？更重要的是我的風采和容貌呢？……我考慮過是不是發賀電過去就好，但又想到沒錢便也打消了這個念頭，決定等生方先生回東京再寫信給他。到了三點左右，我已經連這都忘了。

第一節體操課結束時，甲組的U君叫住我說「你來一下」，問道這次要召集東京的中學生和女學生發行文藝雜誌，你願不願意也成為會員？我表示樂意之至。

我的一高熱越發激昂。

月色如水。

（大正五年十二月十四日的日記此前已抄錄故省略。）

大正五年十二月二十三日。週日。晴。回家。

當長假將近，孤兒的悲傷便一點一點滲出來。

要等到次年七日才能再見到室員們，昨晚大家各自帶零食點心互相分享，今天早上和清野擁吻。

英語課，倉崎老師公布了第二學期的英語成績。譯讀九十分，英文作文會話九十一分，只比U君少了一、兩分，在乙組屬於高分的。

體操課公布「赤腳武裝集合。」的告示，我們在杉本老師的號令下做了中隊訓練。老師對軍隊無知得令人同情。

中餐後，迎接結業式。

結業式結束，我沒有聽本校畢業生某海軍軍校生的演講便回到宿舍，整理參考書和衣物等。

小泉搭兩點的火車回去了。

我離開寢室的期間，清野也走了。

我雖然也趕得上兩點的火車，卻拖拖拉拉的。大家都走了好冷清，我決定明天要再回來搬運石棺，便穿戴著有袖兜的羽織（我已經寫信說是津江那邊給的）和景泰藍的懷錶離開宿舍。途中，等片岡君過來後來到車站，站內有很多先出發的人。我帶著三個包袱上車。彷彿要和大家共赴遙遠的邊境般，引人哀愁。

我在下一站下車，坐人力車經過西方天空已泛黃的荒野，趕過徒步的中學生，回到舅父家。

進屋後一靠近火盆，便拿出錶和羽織，然後要了不夠的車資五錢。

我在信上說想上一高，但還沒收到回信，因此無論如何就變成了先斬後奏。尤其很難向表哥開口，一想到還不確定能否考上一高就感到不安。

為了不讓自己閒下來沒事做，我整理行李、照例前往每次回來都要去的後面六疊房間，向臥病的外祖母問安。我總是能從外祖母那裡聽到一家人對我的不滿。我雖害怕卻還是得知道。今天我是想了解他們對我那封信的反應，但外祖母對那件事似乎一無所知，只說了種吉之死和村裡的事。

晚上也沒有提到一高的事。

上床之後，我向表哥問起H中尉的事，卻只打聽到他今年也沒考上陸軍大學，已經死心，要在今年晉升為大尉當中隊長，就這樣度過一生。

大正五年十二月二十九日。晴。雪融。

每晚都不得安眠。

繼昨天之後，清早時佃農們也將米袋送到院子裡來。

舅媽的頭痛看來很嚴重，她削瘦憔悴，一直躺著。

外祖母喚我去六疊房，要我去今日町買凍瘡藥、草紙、紅豆蒸餅、罌粟餅，並給了我一圓。我答應外祖母今天從學校回家時買回來。

寫了昨天的日記之後，我裝作去廁所並進了舅媽躺著的房間幫她按摩。我使出吃奶的力氣，舅媽似乎舒爽極了，向我謝了又謝。

讀了一點《徒然草》。

早上表弟騎腳踏車去街上的銀行，然後就跑到大阪很晚才回來，家裡每個人都很擔心。

在外祖母的催促下，只有我早早吃了午飯，向表哥借了一圓五十錢的參考書費，穿著袴和羽織出門。

融雪的溼黏讓人很不舒服。原野上的雪還沒有融。

在車站見到欠田君。他說他要去學校看成績，然後去買雜誌，回程時前往大阪。我們很快就談到文學，講到各雜誌的新年號傳聞。

欠田君說要去東京，努力爭取的結果，是家裡慎重其事召開家族會議後卻否決他，現在他對前途感到迷茫。也提到清水君。據說清水君正認真執筆寫要投稿給朝日新聞、獎金五百圓的長篇小說。

「清水也說，你要來的時候跟他說一聲他就來，所以我們三個人找個時間在我家碰面吧。」欠田君這麼說。

學校很安靜。

進了學生休息室，第一件事就是看我的成績。七十五分，第八名。四年級升五年級時是第十名，從第一學期退步到第十八名看來，排名席次也上升了。儘管瞧不起學校的成績，但是一想到那些一臉傻相的庸俗之輩坐在自己後面就感到屈辱。第二學期坐在從前面數來第二排真是愚蠢荒謬。以入學考第一名上了一年級，之後座位席次每下愈況，即使我自認有頭腦、心想「這是什麼爛規定」，還是感到很悲哀。再也得不到別人的肯定。我現在就賭一口氣，為了還以顏色，非上一高不可。

在火車上，我也對欠田君說自己之所以以高等學校為志願，主要原因是想報復那些在肉體和學力上都蔑視我為劣者的教師和學生。

同為乙組的H君以七十六分得到第三名，讓我很吃驚。M君是同分第六名。大口君退步很多。回頭細看成績表，自己還算拿手的物理，第一次考試缺考、第二次連兩天用功到十二點左右卻意外失誤，沒有好好寫學生日誌，對國文和漢文掉以輕心，我了解到這幾點是沒能拿到分數的主要原因，我相信要把平均分數拉高兩、三分並不難。我把宿舍同學的成績抄下來。

進了宿舍，帶上郵局的存摺和印章，在郵局取出。郵局裡，由一位不常見的年輕女孩處理文書工作。可能是K先生的妻子，是個可愛的少女。臉蛋白皙的K先生也在。

去了虎谷書店，買下藤森良藏先生的《幾何學 觀念與解法》和《代數之學習、觀念與解法》上卷、青水先生的《Youth of Life講義》、《中央公論》新年號，用我向表兄要的錢加上從郵局領的錢付了帳。

與欠田君告別後去宿舍，以包袱巾包起棉襖，趕到車站，但沒趕上兩點的火車。買了郵票和明信片。

繞到街上的舊貨鋪，以前賣掉我家房子時他們曾上門來過。

天色向晚時回到家。

在路上邊走邊看谷崎先生的《人魚之嘆》。

這十二月二十九日的日記裡，竟然記錄了我中學四、五年級的成績，倒是五十歲的我意想不到的。

當時，我的中學依成績分為甲乙丙三組。因此就算我是乙組的第八名，上面還有成績更好的甲組。以第一名入學的我一開始當然是在甲組，但不知在幾年級時淪落為乙組。乙組第八名的成績，在全學年中算是比中等略好一些。

我在高等學校的入學成績也不算差，但後來就一直退步。

大正六年的日記從一月九日開始。從九日跳到十五日，然後結束於二十二日。

大正六年一月九日。週二。晴。

所有住宿生都要參加武術的寒稽古[57]，I先生很早就來叫醒我們。室員中小泉、杉山有出席，清野缺席。窗外還是烏黑的。

寢爐[58]不暖了，我便將它推出棉被外，卻冷得縮起身來。朝會的鈴聲響後去了朝會。洗臉台結冰了。

我把一高一覽表借給片岡君。

來到學校，座位換了。

就像美術課時對S君說的，我想著，既然要先唸高等學校再進帝國大學，那麼乾脆當個文學學者好了。隨著對自己創作天分的疑慮愈來愈濃，最近我的心漸漸往那個方向偏也是事實。但我還不願真的拋下手中的筆。不，我不會拋下的吧。那是很久以後的事。

回宿舍。讀《徒然草》和代數。

今天體操課時，杉本老師發了名為《畢業之後》的課本。昨天和今天，老師的語氣裡都有種感慨。我也不願再懷抱惡意，對老師心存感謝。我深感在學校當學生的期間，盡可能遵守校規認真生活，才是最真實的生活。

鋪了床，早早就用寢爐暖床。

57 寒稽古：指在寒冬的清晨或夜晚進行的武術、藝術訓練，意在增進技術的同時鍛鍊意志力。
58 寢爐：就寢時放在腳邊取暖的小型暖爐。

在痛苦中讀了阿部次郎[59]先生的〈為藝術的藝術與為人生的藝術〉。我相信這是一篇非常好的論文，卻無法產生共鳴。

T君約我加入與S君的烏龍麵之約，於是我隨他外出。順便去了虎谷書店，山崎先生[60]的《新英文解釋研究》已經到貨，我便拿了。我們進入一家路上行人眾多、叫作山新的烏龍麵店。福山老師忽然晃進來，我們沒時間躲，因此伏在榻榻米上行禮。也不是尷尬，就是實在好笑。據店裡的人說，老師一直站在旁邊卻沒注意到我們。N君和M君都來了。

T君請我抽菸，我抽了。清水、欠田和其他通學生也來了。又去了虎谷書店，然後在高橋散步，與為我們這些人付了一圓多的通學生S告別，正好回去吃晚飯。

晚上杉山說要吃消夜，我沒錢便不置可否，最後不了了之。

大正六年一月十八日。週四。晴。

昨晚熄燈後過了四十分鐘左右，鑽進又冷又暗的被窩，一直醒著的清野用他的手臂、胸口、臉頰為我溫暖冷透的手，我真的好高興。今天早上，我們熱烈又漫長地抱擁。任誰看了一定都會覺得奇怪吧。清野到底是怎麼想的，我完全沒有頭緒。但是，我不敢再索求更多。

放學後外出去找《文章軌範》。

59 阿部次郎：阿部次郎（1883-1959），哲學家，評論家。

60 山崎先生：山崎貞（1883-1930），明治至昭和時期的英文學者，早大高等學院教授，著有許多升學參考書。

四十七圓的郵政儲金也只剩下一圓多了。前陣子領的一圓八十錢，在口金包裡也只剩孤零零的一枚五十錢銀幣。我的血液裡就是流著少爺氣。因為好面子，我也吃過苦頭。沒有父母、由親戚扶養的悲哀，主要也是金錢上的不自由，而且時不時會對錢心生貪念。不經意間發現自己也對朋友或其他人斤斤計較時，便會無比失落。

因為對朋友的這番虛榮心，一直以來有相當多的書籍犧牲。今天早上也將與謝野晶子女士的《夏至秋》、《女人的一生》、白秋[61]、晚翠的詩集等塞進要帶去大阪的包袱裡。

稻葉老師在炊事室裡，我不能從後門溜出去，沒趕上一點的火車。

在車站遇見校長。無奈之下，只好裝作若無其事的樣子行禮。因為手上提著包袱，校長肯定以為我是要回家。

在福島那家常去的舊書店裡討價還價，我的書賣了一圓七十錢，清野脫了線的辭典賣了八十錢。

在別家店裡買了《增鏡新釋》、斯邁爾斯[62]的《品性論講義》、濱野先生的《新譯論語》。這下扣掉給清野的錢剩不到三十錢。我匆匆趕往車站。

在月台上看到一個柔嫩的美少年，便與他搭乘同一節車廂，一直看著他到下車，沉溺於病態的幻想。

陰天的天空下了一陣雨又停了。

（大正六年一月二十一日的日記此前已抄錄故省略。）

61 白秋：北原白秋（1885-1942），日本詩人、歌人、童謠作家。
62 斯邁爾斯：（Samuel Smiles, 1812-1904），英國道德哲學家。

大正六年一月二十二日。週一。晴。

早上U君轉告我說：「東京的E子來信，說身為女學生，不便寫信到中學的宿舍，還請多包涵。」我一副不以為意的樣子，只答我前幾天才剛回了信。

在宿舍的三節自修時間都無法靜下心來唸書。第一節結束時我就說想吃燒餅，從寒冷的運動場鑽過樹籬偷跑出去，燒餅卻賣完了，便前往足立零食雜貨鋪，買了夜之梅、米果、蜜柑等回來。和室員一起吃零食的時候，大口來了。昨晚才發生那種事，他卻照樣毫不在意也毫不客氣。我深感受到侮辱。我們對英語偶有意見相左，大口說要採多數決，便大剌剌跑遍全宿舍，害我一口氣無處發。

熄燈後，在辦公室讀《徒然草》，但一想到清野和小泉在寢室裡睡覺，我就因為大口而擔心得坐不住。我提早回去，故意躡腳上樓，看遍整條走廊和門之後才進房。什麼事都沒發生。

清野醒了，我便像每晚那樣賞玩了一回溫暖的手臂和胸口的觸感。

從大正五年九月到大正六年一月這五個月的日記中，抄錄了有清野名字的那些日子。

這日記結束的短短兩個月後，我自中學畢業，前往東京。我與清野的愛大概也像這些日記寫的那般持續到了畢業吧。

但是在這五個月裡，我與清野之間的愛似乎不見發展、變化或增減。我們也不曾在言語中提及愛恨。這份愛的起始與過程都是自然而穩定的，也因此溫暖柔軟了回憶。

中學時代的日記結束了，此處便再次回到大學時代的「湯島的回憶」。也就是，將「之後便是生澀但任性地寫出清野少年的存在對我的意義、感化等。這部分暫時往後放」中提到暫時往後放的部分抄錄於此。

也難怪我會在高等學校時代的信裡，寫道「令我覺得你就是我的救贖之神。……你是我人生的新驚喜。」

但高等學校時代的信，是在沒看中學時代日記的情況下寫的，而寫「湯島的回憶」時，我早已忘了中學時的日記和高等學校時的信。直到五十歲的現在，才首次將這三份紀錄拿來比對。

在「湯島的回憶」中，清野坐在大岩石上，目送我沿山谷而下，嵯峨訪問記於此暫且結束，接著是「人自出生後……」等青澀的感想。

人自出生後的境遇與環境，以及出生前便沾染在身上的東西，也就是遺傳，若不洗掉幾分，與它們保持距離並還原到某種程度，便不是真的。既然大本教將那沾染之物稱為惡靈，為方便理解，我便把還原的過程稱為鎮魂歸神吧。

我二十歲時，曾與流浪藝人一同旅行五、六天，當時之所以能持心純真、分別後之所以流淚，並非全然出於對舞孃的感傷。如今，我是以無謂的心情回想起舞孃，認為她多半是在情竇初開的那一天，對我動了女子淡淡的戀慕之心。然而，當時我並不是這樣想的。我與一般人不同，自幼便不幸、不自然地長大，因而成為一個頑固而扭曲的人，相信我那畏縮的心被關在小小的殼裡，為此而痛苦自卑。而人們竟然對我這樣的人也心存好意，我格外感恩。於是，認為自己的心畸形，反而使我難以擺脫那畸形。

但是，我之所以會那樣想自己，自然是因為我有那些缺陷，但我也漸漸明白，我對自己異常的境遇多半懷著少年任性的感傷，多半懷著誇張的多愁善感。現在我已認為此事不至於痛苦自卑，這對我而言是喜悅。我之所以明白這一點，要歸功於人們對我表示的善意與信賴。我回顧自身尋找痛苦的原因。與此同時，我脫離了陰暗。我來到能走得比之前更自由、更坦然的廣場。

我在高等學校一、二年級時，極度討厭宿舍生活。因為與中學五年級時的宿舍大不相同。而我一心在意童年時期留下的精神創傷，自憐與自厭之念令我難以承受。於是我去了伊豆。

因為旅情，以及從未見過大阪平原以外的鄉下，伊豆的田園風光柔軟了我的心。然後我遇到了舞孃。她向我展現出與流浪藝人氣性毫無相似之處、散發著野性氣息的坦率善意。「他是好人」舞孃這麼說，她的嫂嫂點頭稱是，這句話清清爽爽地「啪嗒」滴落在我心上。我是好人嗎？我心想。是啊，我是好人，我回答自己。凡俗意義中的「好人」，這個詞是我的光。從湯野到下田，我自己也認為與他們結伴同行的我是個好人，這令我感到高興。在下田下榻處的窗畔，在汽船中，被舞孃稱為好人的滿足，以及對稱別人為好人的舞孃的好感，令我流下痛快的淚水。如今回想起來，如夢一般，很稚嫩。

進入高等學校之初，我就是那樣。而對那樣的我而言，與清野少年共同生活的一年，是唯一的救贖。是我的精神發展中唯一的救贖。

清野在信中一再提及，在嵯峨深山見面時也說，一生不會忘記我的大恩。我坦然接受他的感謝，認為自己當得起。因為我十分了解清野的心性。

雖然我後來對高等學校的宿舍有了好感，但我想給世間的家長一個忠告：無論有什麼苦衷，都不要將家中子弟送進中學校的宿舍。在祖父死後，我一個中學生無法獨立撐起門戶，於親戚家寄居半年多之後，在四年級的春天進入宿舍。在我升上五年級的春天，首次來到宿舍、成為我室員的清野是二年級。當時他十六歲，因病晚了別人幾年。

我的眼睛瞪得好大，不可思議地打量他，心想世上竟然有這種人。我有生以來從沒見過這樣的人。而正如我所訝異的，世上再不會有第二個像他一樣的人。我拿他與自己比較，將開朗的家庭溫暖與賢良家人的愛放在他身後，自卑自憐。是因為威脅他生命、讓他臥病一年多的大病洗去了他的過去，讓他重生為新生嬰兒，帶給他那份幼小生嫩嗎？我這麼想。即使如此，還是不可思議。

於是，我沒有去多想與他比較而產生的自我厭惡，而是為他的不可思議而忘我，呆呆地望著他。這樣的我，極其自然地露出了由衷的微笑。同時，他纏著我、靠向我。凡是我所說的、所做的，就連暗自想的，全都毫無阻礙地直接流向他心中。我在所說所做所思之後，沒有逼自己反省，沒有逼自己慚愧，沒有令他反彈並冷冷奉還給我，他只是接受一切，唯有一雙清澈明亮的眼睛仰望著我。我映在他靈魂之窗裡的影像沒有一絲烏雲。我嘗到有生以來從未感受過的安寧。消極地說，我並沒有從他的反射中感到因自己境遇而產生的自我厭惡，因而也不會讓自己頑固地蜷縮在一角，積極地說，自己的一切得到他肯定所獲得的安心令我感到自由，讓我悠遊自在地在他面前任性揮灑，任意展現自己，恣意伸展。而在他面前，我才能泰然自若地轉變為自己想要成為的人。

多虧了他，我才開始明顯發現，因境遇而背負的陰影中有我的感傷，有誇張的感傷。他又為我立志擺脫沾染之物的道路點亮了明燈。恩情這個詞，是我應該要還給他的。

若說他的心性是赤子之心，是純粹的少女心，確實有相似之處，但那不是真的。他離開我後便成為迷路的孩子，或許相似於女人和賴以為生的男子分手後感到心煩意亂，但這也不是真的。我認為自己受到他的正面影響，同時也認為他的心性崇高、認為自己已學會如何讓那心性安穩度日。我想過當我不在以後他會怎麼做、會變得如何。他所說的恩情，他在離開我之後更加清楚體會，同時他變得不知該何去何從，一度令他決心退學。這只怕也是讓他對大本教更加虔誠的其中一個小原因吧。

這之後接著是「我是在中學五年級的四月發現清野似乎相信一個我不能理解的神明」，然後寫了清野為發燒睡著的我「唎唎嚇嚇、唎唎嚇嚇」地祈禱。這部分之前已經抄錄過。

接下來又是我任性的感想。

我是不是因為現在的境遇、自幼便失去近親的孤獨及其他種種，而陷入自恃的自我中心與自我崇拜？

幼時，曾有一位老農婦照顧過我。去年正月，我去探望這位又老又病的婆婆，要回家時，婆婆拖著她行動不便的身體，爬到簷廊邊緣幾乎要摔落，端正跪坐，雙手合掌，眼淚如斷線般落下。我離去的背影承受婆婆的禮拜，內心感受到婆婆的誠心。那時，我的心澄淨無比，沒有一點陰影，也以清澈的眼神注視自己的前途。

我的前室員清野少年曾皈依於我。遇見皈依於我的人，讓我得以最強力地淨化、精純自己，追求新的精進。我是否在皈依中才首次安詳輕快地入睡？若不是望著「皈依」這面鏡子裡照出的自己，我的精神是否就會蒙上陰影？即將蒙上陰影時，最好處於孤獨。最好是到湯島的溪谷來，十天都不說一句話。

那種尚不須擔憂精神疾病的感傷，若非透過理性的舉止我便不肯承認。會是因此而倨傲纏身？

但是，無論過去或現在，人們對我都非常親切，讓我享有太多善意。我斷然不相信世上有任何惡人，也不相信有人以所謂的惡指向我。這樣的信念讓我處於安穩的心緒。

我從未對人心懷真正的惡意。也不曾抱持厭惡和怨恨。不曾想與人競爭。

不曾想嫉妒別人。可能甚至不曾想反對別人。

我肯定所有人行動的各個方向與角度，卻同時在否定中肯定自己。

這之後，因為收到清野提及「當長長的走廊盡頭傳來麻底草鞋的聲音，總會想，是你嗎？」的信，便寫了因腿疾首次前往湯島溫泉的事。

我的舊稿中提到清野少年的部分，大致便是以上這些。

但我順便翻了裝有過去信件的柬口袋和箱籠，找到了多達二十二封清野寫給我的信。也保存了幾封和清野同為我的室員的小泉和杉山的信，以及我與同學之間的信。

清野的信比當時我的日記和信更不清楚，情緒不明，不足以抄錄在此，但裡面有些為我對這名少年的紀錄背書和補充的地方，以及糾正我自以為是和臭美的地方，看來還是略略拾綴為佳。

二十二封信中最早的一封，日期是「大正六年四月四日午」，我的住址是淺草藏前的表兄家。我在中學畢業典禮的兩天後，便為準備考試而前往東京。當時的中學是三月底畢業，高等學校入學考是七月。

我一到東京便立刻通知清野，四月四日清野的這封信便是回信。

（摘自清野書於大正六年四月四日的來信）

……東京雖大，但您的朋友少，想必會很寂寞，願您不但結交許多朋友，亦備考順利。我打從心底真心祈願。

與您分別後，只要一想到往後必須一人獨行，便覺茫然。但我不能永遠都依賴您。我多麼希望能繼續和您在一起、依靠您，即使只有一年也好。但您今後將要成為了不起的人，即使我央求待在您的身邊，時節也不允許。即使有了新室長，我仍不由自主深深想念舊室長。這麼一來便覺更加寂寞，最近更是經常做夢，經常夢到我將您的書丟進火中而哭泣的夢。……

……我也會盡力寫信安慰您，讓您不至於悲傷、寂寞。當您的心受傷時，讓我從心底給您溫暖。我絕對不會忘記您過去的恩德，絕對、絕對不會。宿舍裡的上下階級之別，我並不以為苦。只不過讀完三年級應該就非常足夠了。但怯懦的我會受到身旁事物引誘。……

第二封信的日期是四月八日。「八日上午十一點」。

清野回到宿舍，新學年住宿生的宿舍已分派完畢，他將一室到十室的名單寫在這封信裡。清野是第八室。

我在一高的作文課上交出的信上寫道「但在我離開之後，你說由北見當室長，與菊川、淺田同室。菊川、淺田從我在的時候，便是宿舍裡備受學長注目的美少年」，說的便是這第八室。

（摘自清野書於大正六年五月二十一日的來信。）

久疏聯絡，尚祈原宥。您孤單一人一定很寂寞吧。獨自一人一定真的很寂寞，對吧。我由衷、真心地感到同情。……我不由自主地一直想著您。無論發生多麼痛苦的事，我都會在背後安慰您的心靈。請您好好努力。我一定、一定會在背後為您祈禱的，請您放心。……

前天舉行了十英里賽跑。我在別人的幫助下好不容易才抵達學校。腳抽筋得厲害。昨天也是，想去鳴尾的網球大賽，都到達大阪了，卻突然很不舒服，只好去親戚那裡打擾。似乎是心臟又發作了。

這封信是寄到我在淺草西鳥越的租屋處。

（摘自清野書於大正六年七月二十九日的來信。）

……入學考辛苦了。若不成，只要再好好努力一年就好。……

……我自認第一學期非常用功，成績卻意外退步很多，心想只要第二學期更加發憤努力就好。……我在學校有很多事要擔心，但回到家就一件煩心事都沒有，心像山一樣寬。我不禁感到自己漸漸成為一個真正的人。

我真的沒想到您會成為小說家。我一直以為這位人物肯定會走入我等之道。或許您會認為「我等之道」很怪異，但待您年長些自然就會明白的。

我現在還未決定畢業後要做什麼。但只要以誠對待每一天，便會走向自己應走的路。我想要遍嘗辛酸，我想吃苦。這樣走下去，最終便會走到自己所想的路。

我們以前在宿舍的床上有過好多有趣的問答啊！不過，如果沒有神，我們便無法立身。您想必一點也不明白，但很快便會了解的。我從以前就覺得硬掰歪理你是不會懂的。

我覺得您最好不要看宗教的書，但看了也無妨。看多少做多少就好。就算是哲學，太淺的也幫不上忙。人是會被哲學折磨死的[63]，看書是絕對找不到哲學的。必須親身實踐才行。從外在強塞進來的東西總會流失。但是，靠內在的領悟而來的絕對不會跑走。

先寫到此。請來找我玩。恭候大駕。

這是清野於暑假回嵯峨的家、我於入學考後回淀川之北的舅父家時的信。

63 此處應指一九〇三年的華嚴瀑布自殺事件。當時一高學生藤村操於瀑布旁的樹上寫下包含哲學性詞句的遺書後投水自盡，被認為是因與哲學有關的煩惱而自殺。

或許是因為待在父親身旁，清野的用詞強烈而充滿自信。

（摘自清野寫於大正六年十月十三日的來信。）

……今天在三年級對二年級的棒球賽中，以三年級的棒球選手身分出賽，比賽由三年級獲勝，雖然對手是實力弱小的二年級。凱旋而歸後，剛才從門監處收到前室長您的來信，更覺喜上加喜。

……許久未曾問候，今日我將一吐心中所思。但還請您深藏於心，切勿外傳。宿舍已面臨衰亡的時刻。高年級一個正常人都沒有，全都一味瞧不起三年級、二年級、一年級，加諸以非常強力的壓制，讓我們甚至無法安心讀書，週六、週日連續兩天都要打棒球，連不會的人也強迫他們打，週日想畫地圖亦不可得，像菊川君，學長們見他乖巧便聯合起來欺負他，看著都可憐。

而有榻榻米的房間則被當作方便的吸菸室，沒有一天是清靜的，午飯後學長們也在ＷＣ裡抽菸，對一年級還稍加遮掩，在三年級、二年級面前則大大方方地抽，連品行都不顧了嗎？我們三年級生都萬分悲哀。五年級的全都如此，四年級也有三人左右，拿他們完全沒辦法。最痛苦的是夾在高年級和低年級之間的三年級。約有十天，學長們分為好學長和壞學長兩派，在豬圈前上演了一場大爭吵。他們為了不讓一、二年級看見而選在隱密之處。我和小泉正好從玻璃窗看到了。原因應是壞學長對三年級、二年級和一年級欺壓得太過分，好學長因此勸阻他們。

我好懷念去年，真的好想念去年畢業的人們。

這封信上，我的住址是本鄉彌生町一高西寮十三號。

信中還附上清野小小的照片。他身穿白色浴衣與袴，學生帽上還覆著夏日的白布，坐在籐椅上。面孔並不清晰。

（摘自清野寫於大正七年二月十九日的來信。）

一月像夢一般過去了。這麼一來，很快便要迎接溫暖的春天。……

……前陣子，大阪聯合武術大會於二月三日在堺舉行，我們雖然實力很差，仍奉老師之命以選手身分出賽，卻被人像摺倒貓般一下子便贏去兩場。但我並不感到遺憾。我早知道讓我這樣的人出賽必輸無疑。上次校內的武術大會，我和上宮中學一位姓濱村的人比賽，取得平手，也就是在三回合裡輸了一回合。但我對此也不覺得遺憾。有種奇怪的感覺。

今天又是星期六，三、四、五年級有演習。北風颼颼地吹，我好想哭。下星期六也有演習。青著一張臉跟去也很痛苦。

與您分別也已一年了。時光飛逝之快真是驚人。宿舍的人數也愈來愈多。宿舍的風氣隨之衰敗。人就是非去壓制別人不可，看著都覺得丟臉。

不過，據說再過個五、六年就會有人心的大重建，真想早點幫上忙。

雖然您此刻正在東京遊學，但是英、德、美等國將會攻打東京灣哦。最後，日本會在五、六年內統一世界。屆時，那高聳的富士山也會爆發。我現在先行通知您。當人的靈魂通神，便能知曉未來。請您在富士山爆發之前回大阪。

我且將天神方才給我靈魂的諭示原封不動地寫在這裡。「日本國靈之本、此次將臨世的天地生神，乃自古以來之安排，三千年來第二度重建人世，故而國雖可建，但此次奉天命而行之守護神人民若不幸蒙塵，便將漸漸混亂如前，國將消亡。此番天地先祖若未現身守護，世界將成泥海，人類覆滅。天地之神為免人世毀滅，煩憂久矣。」……

……由此可見，此次的重建非同小可，雖不勝惶恐，但也要請天皇陛下移駕至京都綾部的大本。這裡是全日本最靠近國土正中央的地方。

清野在這封信裡首次寫到大本教預言那類的內容。

（摘自清野寫於大正七年三月二十六日的來信。）

……無論何時遇到小泉，我們都會談起前室長。啊啊，室長，真想再見你一面。我常和小泉一起笑著說宮本學長的眼睛好圓。感覺好懷念。要是能有您的照片就好了。上次我們也在書箱底下翻出了寒稽古的照片。看到照片裡前室長擊劍的英姿，我們雙雙緬懷起過去。當時的宮本學長似在眼前，彷彿可以看到您寬寬的額頭。小泉君想起前室長時就常會對我說，早知道就應該要拍下宮本學長的照片的。……

……還有宮本學長，您說您之前寫了長達三十一張的稿紙，請寄給我。請讓我看，拜託您了。請您多寫些東西寄給我。……分別後已過一年。您在東京一定很寂寞吧。……我也已經四年級，當上室長，回想起二年級時，總覺得很不好意思。自己當上室長感覺真是奇怪。

對了，接下來，我要一一告訴您我請假認真思考的事情。

我還有五十五分鐘可以寫這封信。炭球的火燒得很旺。我本是將腳擱在上面寫信的，現在腰痠，要坐正了來寫。

我也漸漸有所成長。但心還是孩子，讓我很困擾。多希望能夠成熟一點。

我說我認真思考的，是自己今後的方向。這兩、三個月，我開始思考這些。自己——自己——我——吾——自己[64]之所以生於人世，一定是因為神要我對人世有所幫助，而此刻我會開始思考這些，想必也是某種因果所致。無論怎麼想，我都認為我是帶著天命誕生於此世的。因此在立定今後的方針時，要是我還像個幼稚的孩子，實在無法成為了不起的人物、領導社會。無論如何我都希望自己從現在起的行動與心神一致，為將來的人心大重建盡一分心力。會預知這重建也是因果之故吧。世人將會懷疑我為何能預知。我做得到，我做得到。當我平心持正，精神平靜地統一時，自然就能做到。神啟將會進入我的身體。

人們常起疑心，有欲望和私心。因此經常心鏡蒙塵，這才妨礙了預知。當心鏡明亮，便能照映出世上所有的情況。要寫的話有太多可寫，寫之不盡。若您想詳細了解，請到東京本鄉四丁目一家叫作有明館的店，買一本名為《神靈界》的書。二月號上也刊載了我家的事。雖然是本微不足道的書，當中的話語卻是難能可貴，僅要價十二錢。……

……這次宿舍的騷動詳情我並不清楚，但之前很多事都分成兩派的那些人最後終於決裂了。……

（摘自清野寫於大正七年五月二十九日的來信。）

……好長一段時間一封信都沒寫給您，還請您原諒。

64 作者於此處使用了三種不同的第一人稱用法。原文為：「自分——自分——私——我——自分がこの世のなかに生まれて来たのは、……」。

由於種種原因甚至讓我說出想退學，諸多煩雜自然也使我失去了寫信的機會。再次請您原諒。此外，我也沒能看前室長的來信，委實非常遺憾。哀嘆著「三十一張、三十一張」卻也是徒勞。那麼長的一封信泡湯了，實在萬分可惜。……請原諒。請寬宥。我絕不會忘記的。我總是和小泉君說起當時的事。還說要是見到室長會很害羞，我們就逃走吧。身而為人絕對不能忘恩負義，所以我絕不會忘。死後也不會忘。

宮本學長說我是唯一的人類對象，我真的覺得很高興。往後我也會經常寫信的，我們似乎一度疏遠，以後再更親近些吧。六月時請您來我家。拜託您來。我揣想著您近來會是什麼模樣，卻無法想像。那時，您回到我們的第五寢室，在樓梯上愈爬愈快，其中一隻腳上稍微使力爬上樓時的聲音還留在我的耳際。我自己也學著您這麼做，以此為樂。

另外，據說您的舅父過世了。您一定很傷心吧。我也想起了我祖母去世時的事，忍不住流下眼淚。……

今年春天一高與三高的棒球比賽，我在報上仔細拜讀了。我也想起宮本學長說上高等學校後要當選手的事，於是看了報，但沒有您的名字。這也是因為您的舅父去世的關係吧。……

我也升上四年級了。終於到了不能只顧著玩的年紀了。我也成為第四寢室的室長。我是個頭腦不好的室長，真是頭痛。

我說我想變成熟，宮本學長卻說可怕，我不明白為什麼。自然而然就會有這個念頭啊。但我卻成熟不了。要怎麼做才能讓孩子氣的心消失呢？是因為我從小除了兄弟之外就沒有其他朋友的關係嗎？我對宮本學長可是五體投地。

還有，我所信仰的絕非宗教。是神諭。是預知我大日本帝國的前途。未來世界將會統一。

宮本學長不可能會落榜的。就算發生了，也不是真的落榜。因為室長唸書時都保留了九分實力，只花一分力便足以應付學科。而那九分便是小說。但是，請您務必上榜。即使落第，我又怎麼會輕蔑宮本學長呢？天底下最優秀的人當中，有拚命用功的人和不用功的人，當不用功的人拚命用功起來，就會變成第一名。因為文學是天才的工作。……

這之後寫了新學年的寢室分配，以及四年級對五年級的劍道比賽的過程。根據信裡的內容，清野身為四年級的大將，打敗了五年級的大將、副將和其次的對手一共三人，一個人創造了四年級的勝利。清野少年未必是陰柔的。

另外，那三十一張的信，指的是我當作一高的作文交出去的信。那封信的第二十張起有六張半留在我手邊，前面已經抄錄過了，但看了清野的這封信，我才知道原來有三十一張。不過，原來我的長信並沒有交到清野手上？該不會是被舍監沒收了？

另外，還有一張應是同一時期的明信片。郵戳看不清日期，但上面有「儘管發生了這次的事，由於父親四處為我奔走，我又開始上學了。我說自己在畢業之前不會退學。讓您擔心了，在此向您道謝」這番話，所以或許比五月二十九日那封信更早也說不定。

我想不起「這次的事」是什麼。清野應該曾來信談過那件事，會是丟失了嗎？不過，我想從清野的下一封信也可對那件事窺見一二。

（摘自清野寫於大正七年十月八日的來信。）

謝謝您的來信。我寄出去的前一封信迂迴曲折，很難看懂吧。都怪我詞不達意。七月起便沒收到您的信一事，我一點也沒有放在心上，您身體不好，所以我很擔心您是不是生病了。我要為您過去極為疼愛我而打從心底向您道謝。

您為了我這次的事又是開心，又是流淚，我真的很感激。知道了當時室長原來那麼包庇我，我心裡好高興。

我知道這次是誰汙蔑我，但我什麼都沒說，也不怨恨。我心裡沒有留下絲毫的恨，就如涼風一般。舍監也說我不是那樣的人，我很開心。但是，汙蔑我的人的內心好可怕，令我戰慄不已。

還有，我本來一直納悶二年級時大口學長為什麼會在夜裡跑來，聽了大家的話，我現在終於明白。那時我真是百思不得其解。倒是我當時如果向舍監說了大口學長來找我的事，他應該就會受到退宿處分了。以後我哪一間寢室都不去了。只有土居會來找我玩。要是去了別的寢室又會遭到舍監叱責。二樓我僅僅上去過兩次。宿舍我也受夠了。好可怕。

上了高年級，有好多令人害怕的事啊。其他高年級生明明常常去其他寢室玩，卻沒有人汙蔑他們。惡魔之手只想抓住我，好可怕。但是我有神明相隨，祂會在我被抓到之際救我的。我被交代這個月都要待在宿舍裡，所以請您多多寫信給我。室長的來信是我唯一的快樂。我好想、好想再見到室長，盡情暢談。我說我想在十月搬出去，卻被交代要待久一點到十月底，所以我會待到十月底，請寫信給我。想必您很忙碌，但我會等候您的來信。再會。

是不是四年級的清野去低年級美少年所在的寢室玩，而被汙蔑了？

清野說大口夜裡去找他那回事他「現在才明白」，是因為他認為他和我之間的事沒什麼嗎？

（摘自清野寫於大正七年十二月二日的來信。）

……一高的第一個學期也快要結束了吧。您一切可好？請放心，我也非常好。宮本學長的第一個學期是從什麼時候開始放假？聖誕節馬上就要到了。說到聖誕節，去年您送我的有小小西方可愛小朋友圖畫的聖誕卡片，上次從我的信盒裡跑出來，我看了好一會兒，感到非常高興。還找到十五六封宮本學長寫來的信。信存得愈來愈多是好事，卻令人感到歲月的流逝。

宿舍又有一個人去世了，鳩村。看到他死去的容顏時，我流了好多淚，無法控制。那張臉一直出現在我眼前，晚上要去上廁所都很不舒服，實在困擾。最近宿舍很太平。但我卻寂寞得不得了。我實在不想當什麼室長了。真想重當二年級。全都是些討厭的事，好煩。

然後，宮本學長，請寄一張照片給我。我最近對收集照片很有興趣，正在製作相簿。

最近我跟小泉絕交了。連一句話都不說。杉山因為感冒和腳氣病而臥病在床。我有好多事情想寫，但留待下次。下一次鈴聲響時我就要上靜坐法了。

（摘自清野寫於大正八年一月十五日的來信。）

謝謝您的來信。我的心情簡直就像是缺水枯萎而奄奄一息的草，終於在今天得到了水。寒假期間我一直想著要寫信、要寫信，但回家時卻將通訊錄放在宿舍忘記帶回去，因此完全不知道您親戚的住址。想著若宮本學長在東京，那麼我寄信過去也無妨，但若您不在，信就會被貼紙條退回來，所以只寄了賀年明信片到高等學校。一想到要是宮本學長放假期間回了西成郡、回來中學校的話，就覺得好哀怨。……

請您明白，我每天、每天都住在討厭的宿舍裡。我懷疑自己為什麼這麼沒用。我沒有朋友。……也沒有任何樂趣。一心只回想著過去。……去了學校就有很多朋友，所以我喜歡上學。回宿舍讓我很不開心。升上四年級以後，我吃的苦頭比別人多得多。在宿舍裡待不下去，要出去又出不去。……

宮本學長，最近學校裡正在進行寒稽古。我每天都認真練習。從早上五點到六點。還有，明天要獵兔。不知道能不能獵到兔子。

然後小泉啊，他退宿之後變得怪怪的。會不會是誤入歧途了？他現在住在澤田老師家，從那裡上學。

我現在是就著燭光寫信。十點五十五分了。宮本學長應該已經睡了吧。

（摘自清野寫於大正八年七月二日的來信。）

……聽說您二十七日時曾搭火車經過這裡。要是您事先寫個明信片給我，我就會去車站見您，總覺得有點哀怨。自分別以來，正好快滿三年了。這段期間的變化好大。宿舍漸漸收掉，為了改成教室而移走，整個都荒廢了，和以前完全不同。宮本學長想必長大成人了吧。好想見您一面。據您的明信片，您現在住在鯰江那邊，如果可以的話，我想去找您。畢竟好久沒見面了，總覺得很難為情。

我此刻正臥病在床。頭很痛。雖然體溫不到三十八度，但室員很照顧我，已經好多了。……

這封信上，我的住址是大阪府東成郡鯰江町蒲生的姨父家。我因為放暑假所以回去。

（摘自清野寫於大正八年七月二十四日的來信。）

終於從午睡醒來。風從神社的杉樹間徐徐吹來，彷彿是為了撫慰我剛剛午睡時流了汗的身體。好風，我想，以前上漢文課時學到的「雄風」也許就是像這樣吧。山澗的水聲潺潺，時遠時近。我有種進入無我時那種無可言喻的心情。這樣也算夏天嗎。為了淋瀑布而登山至此的人也流了很多汗，但一來到這裡，便會稍加駐足，似乎覺得來到了仙境。多麼愉快啊。……

您近來如何？仍是日日勤於文學嗎？還是正在旅行呢？我十九日回到家之後，每天進瀑布、禮敬神明、睡覺、看書，為所欲為。請來找我玩吧。這裡離我們原本的家要再往山裡一里半左右。

放假前，平田學長來了學校。十八日時大口學長也來了。他們都對宿舍變了很多感到很驚訝。大家都來了，宮本學長卻沒有來，害我覺得有些哀怨。假期間您沒有來，請您九月一定要來。我本來也想去找您，但沒有一個人前往的氣力就沒去了。請您一定要來。

（摘自清野寫於大正八年八月二十九日的來信。）

最近沒下雨，天氣好熱啊。……您放假到什麼時候呢？這次要升三年級了吧。說到時間過得之快，真是可怕。在我中學五年級無所事事的期間，您已經升上高等學校三年級，真是驚人。這個假期想必您也沉湎於文學吧。我也想著第二學期起要好好用功。第一學期啊，我看了一點小說。總覺得還有好多不懂的地方。時至如今，我才羨慕起宮本學長的箱籠裡那些堆積如山的小說。那時有很漂亮的書，那種小說都不好看。我以前比較喜歡立川文庫，但現在，立川文庫的書都一樣，我已經膩了。我二年級時，只會想要是把那些書全都擺上書架一定很美。我至今也還記得那是些美麗的書。我記得宮本學長那本叫作《死亡的勝利》的書是朱紅色的，顏色很美，現在那本書也彷彿在眼前。

今天，有六位大本教的人來聽父親講道。我還很怕羞，不敢露面，在二樓寫信。……請您九月一定要來。其他室長都來了，我們的室長呢？請您九月務必要來。

（摘自清野寫於大正八年十一月五日的來信。）

天氣漸漸變冷了。在宿舍裡，大家都吵著希望快點搬出火盆。我比旁人加倍畏寒，也是想要火盆的其中一人。今晚風也很大，吹得玻璃窗咔嗒咔嗒作響。這些風是從哪裡來的呢？從東京來的嗎？東京有前室長宮本學長，以及您的同窗平田學長和大口學長。宮本學長是不是也像現在的我一樣這麼怕冷呢？宮本學長是不是正在火盆前，不，應該是在暖爐前，醉心於小說呢？明天有英語考試，但我滿腦子想著這些，實在無心唸書。總覺得悲傷湧上心頭。或許是秋夜的關係，我好想放下書本獨自悲傷。我披上羽織在校園裡散了步，但悲傷似乎沒有盡頭。大家都在唸書。即使我也想那麼做、想心無旁騖地唸書、覺得我這種人跟人家悲什麼秋，悲傷卻只增不減。我的心因為故鄉和東京亂成一團。而且明明就必須畢業了，卻還不願意接受畢業，想永遠待在宿舍裡、想再待兩年，不想走進粗暴的社會。真希望我現在是二年級，宮本學長還是室長，希望能心無旁騖地唸書。但是時光不停流。身體愈長愈大。大家都說好想早點畢業，沒有人跟我有同感。

現在正好是第三堂自修。您一定記憶猶新吧，晚上有三堂自修……。

宿舍全都一樣。我常這麼說。一絲不亂，是我至高無上的喜悅。要是再發生去年、前年那樣的事，我就不想再待在宿舍了。

菊花盛開。有好多大朵的。真是好菊花。我搬了五盆到寢室，總是開開心心地為它們澆水。

（摘自清野寫於大正九年三月十五日的來信。）

請原諒可憐不幸的我。但是，我要將宮本學長視為我的朋友，我唯一的朋友。請永遠當我的朋友。我要跟平田學長，以及其他的人統統絕交。可是如果宮本學長也和平田學長有同樣的想法怎麼辦？我也寫了信給平田學長。沒有收到任何回覆。果然除了相信我的室長之外，沒有人願意把我當成朋友。請永遠當不幸的我的朋友。請當我的兄弟。我至今遇見的友人當中，沒有任何一個人親切地愛我。室長是我唯一的依靠。嗚呼，以後便只有宮本學長一個人是我真正的朋友。我相信你這位朋友。這世上全都是不誠實的人，我已經死心了。總之，我有一個朋友，而我要將那位朋友視為拐杖、當作支柱。請憐憫我的不幸。

我順利畢業了。我的居處尚未確定。等定下來之後再通知您。

這封信上並沒有寫清野的住址。我的住址則是第一高等學校和寮十號。

（摘自清野寫於大正九年四月八日的來信。）

……自三月八日離開宿舍後，我每天過得鬱鬱寡歡，但隨著彼岸的櫻花春暖花開，我的心情也煥然一新。歡快不已的感覺像泉水般從心底湧上來。瀑布聲、風聲，全都讓我快樂。這快樂遠遠、遠遠、遠遠地勝過我至今體會過的愉悅。我以前視為快樂的，是洗出照片，是從朦朧的玻璃窗眺望窗外，但現在我的樂趣全然不同。嚮往瀑布聲、追慕松風、全心投入神諭比什麼都快樂，而既然我得以如此生活於天地間，又怎能天天厭世度日？此身既是父母祖先所賜，又怎能把日子過得不愉快？我領悟了。我領悟了。在我眼中，一切事物無不快樂，一切事物無不歡迎我。嗚呼，過去我對於與人接觸，內心苦悶不已，如今接觸偉大的自然，只願過好人生，一生安心立命，除此之外別無所求。此刻我無欲也無憂。一切隨遇而安，順其自然，除此之外別無所求。

世間如洪水猛獸，一個人類也沒有。沒有真誠的人。物質文明愈是發達，人心便愈接近野獸。我想要擁有真誠日本精神的偉大的人類靈魂。然後讓世人不再受野獸支配。除此之外別無所求。

宮本學長，曾經厭世的我現在是如此祈求。請為我高興。

嵐山櫻花滿開，我雖在附近卻一次都沒去看。順著水流吹著笛。……夢之歌：

昨夜之夢夢重重　破虛空於空

雙手捧起日與月　細觀這宇宙
無數世界巡行中　唯見一地球
東與西來南與北　諸國互分裂
摩擦爭執戰不休　日本看不過
伸指頭上輕輕按　平定四海五大洲
一切盡在我手中　五六七神政萬萬歲
寫得太長了。那麼就此告退。若有照片，請給我一張。

這封信上清野的住址是上嵯峨的神社。接下來是一封清野兩年後的來信。

（摘自清野寫於大正十一年十月二十四日的來信。）

得知您輕健無恙，無比欣喜。久失問候，不知該如何致歉才是。

離開軍隊後我還是回到瀑布。依舊侍奉神明。神明之事，只能自身領悟，否則別無他法。我也是首次實地領略了許許多多神明用心的、深深的慈愛。沒有神明我便不能活。今日不知為何，官幣大社的宮司來信要我過去，我正想著要去一趟。沒有比遣人來接更令人感謝的了。身為一個終生侍奉神明的人，我要善盡我的天職。

冥冥中我深深感到神明降偉大使命於我。我想我們將來總會見面的。屆時我們兩人會變成什麼樣子呢？

您目前正執筆寫著小說嗎？作品是否刊登在雜誌上？請詳細告訴我。聽說小泉君上京，那真是好極了。兩位聚首，我也很想與會，但……。長久以來不知您的住址，真是遺憾。

願神明保祐。

這封信是寄到本鄉千駄木町的合租房。

我大正九年時自高等學校畢業。清野最後一封來信的大正十一年時，我二十四歲，正是寫「湯島的回憶」那一年。至上嵯峨拜訪清野是在兩年前，我二十二歲的夏天。我在二十三歲的春天出版同人雜誌《新思潮》，那一年，本欲與一名十六歲的少女結婚。

看來清野中學畢業後去了軍隊一年。「我們將來總會見面的。屆時我們兩人會變成什麼樣子呢」清野的最後一封信上這麼寫道，但拜訪嵯峨深山過了三十年，我與清野沒有再見過面。但我一直心懷感謝。

今刻這《少年》已成書，我會將「湯島的回憶」、舊日記和清野過去的來信全數燒毀。

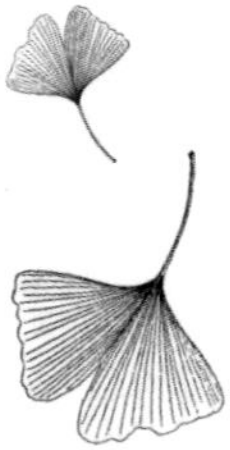

お前の指を、手を、腕を、胸を、頬を、瞼を、舌を、歯を、脚を愛着した。

僕はお前を恋していた。お前も僕を恋していたと言ってよい。

文豪書齋 11

少年【川端康成。耽美初戀】

作者 川端康成
譯者 劉姿君

野人文化股份有限公司
社長 張瑩瑩
總編輯 蔡麗真
副主編 徐子涵
責任編輯 余文馨
專業校對 林昌榮
行銷企劃經理 林麗紅
行銷企劃 蔡逸萱、李映柔
封面設計 萬勝安
內頁排版 藍天圖物宣字社

出　版 野人文化股份有限公司
發　行 遠足文化事業股份有限公司(讀書共和國出版集團)
地址 231新北市新店區民權路108之2號9樓
電話（02）2218-1417　傳真（02）8667-1065
電子信箱 service@bookrep.com.tw
網址 www.bookrep.com.tw
郵撥帳號 19504465 遠足文化事業股份有限公司
客服專線 0800-221-029
法律顧問 華洋法律事務所蘇文生律師
印　製 呈靖彩藝有限公司
初版首刷 2023年01月
初版二刷 2024年02月

國家圖書館出版品預行編目 CIP 資料

少年 (川端康成。耽美初戀) ／川端康成作 ; 劉姿君譯 . -- 初版 . -- 新北市 : 野人文化股份有限公司出版 : 遠足文化事業股份有限公司發行 , 2023.01
面 ; 公分 . -- (文豪書齋 ; 11)
ISBN 978-986-384-826-4 (精裝)
861.57　111020803

ISBN 978-986-384-826-4 (精裝)
ISBN 978-986-384-832-5 (PDF)
ISBN 978-986-384-833-2 (EPUB)

野人文化官方網頁
野人文化讀者回函